NOTA DE L'AUTOR

Els personatges d'aquesta novel·la
són imaginaris, fins i tot els reals.

GRÀCIES PER LA PROPINA

FERRAN TORRENT

PREMI SANT JORDI 1994

L'ECLÈCTICA

Bromera - Columna

Gràcies per la propina és l'obra guanyadora del Premi Sant Jordi 1994 que convoca Òmnium Cultural amb la col·laboració de Fundació Enciclopèdia Catalana.

Un somni és un lloc imprecís, l'escapada momentània d'un present incert. En qualsevol cas, aquella vesprada d'hivern de 1992 maldava per situar-me en el lloc inconcret del passat mentre el meu germà llegia arrepapat al sofà, prop de la xemeneia. Un degoteig lent en el sostre de la cuina advertia que al carrer plovia profusament. Els dies grisos de fred i pluja la casa recuperava la vellesa centenària d'una llarga, vulnerable existència. M'agradava la casa tot i mancar-li un estil definit. Les diferents reformes operades sobre espais originàriament rurals es barrejaven amb altres d'improvisats segons les conveniències de cada època. S'hi afegia, a més, el particular gust decoratiu del meu germà, críptic més que crític, que anteposava sovint el confort funcional a l'estètica prescindint del respecte a un conjunt que, si bé no era d'un alt valor arquitectònic, mereixia una certa gentilesa. Però això, ara, no tenia gaire impor-tància: l'endemà enderrocaríem la casa i n'edificaríem una de nova.

Aquella vesprada de 1992 érem allí per complir amb el ritual de l'últim dia; passaríem en vetla la nit fins a les vuit del matí, un homenatge que clouria el camió de la mudança i la tasca inflexible de la piqueta. Maleante i Mante, els dos gossos, i Patilla, el gat, estaven allotjats en el xalet en què residiríem mentre tingueren lloc les obres. Hi havia com un acord tàcit de no deixar-nos envair pels records. Així doncs, proveírem la nevera —una històrica Kelvinator— de tota classe de marisc, carn, vi, cava i una llanda de caviar. En les hores interminables de l'espera vaig tenir la temptació d'evocar en veu alta a fi d'estimular la nostàlgia del meu germà. Estic segur que fingia llegir, perquè de vegades tardava vint minuts a passar el full. Era una novel·la de Stefan Zweig amb vint-i-cinc línies cada plana. Jo estava estirat a l'altre sofà, amb la mirada fixa en el foc de la xemeneia. De reüll observava com de tant en tant aclucava els ulls uns segons i somreia quasi imperceptiblement. No era un somriure satisfactori, no; ni menys encara conseqüència de la lectura de Zweig. Era un somriure trist, resignat. Tant ell com jo som dels qui amaguem els sentiments que ens manifesten sensibles, convençuts que no hi ha res més nociu que la pràctica pública de la feblesa.

De manera que tots dos estàvem allà, serens en aparença i amb la reforçada presència, per si de cas, de *Muerte entre las flores, La ley de la calle, Barton Fink* i *Fat city*, pel·lícules que ens atenuarien l'oci melangiós malgrat que ja les havíem vistes. Amb tot, vaig decidir prendre apunts mentals amb la seguretat que temps després abocaria els records en un llibre, que és la manera de donar-los vida, per bé que la vida està feta de construccions i ensorraments i només queda la memòria —o la nostàlgia—, aquell substrat potser inútil però persistent que ens recorda dies inabastables.

1

Sóc Ferran Torres i em vaig masturbar per primera vegada quan tenia nou anys. Bé, en realitat només fou un intent perquè la desmanyotada fal·lera onanista em causà una irritació al gland i un notable unflament del penis. En si mateix el fet no és important, però el recorde perquè fou el dia abans de prendre la primera comunió; objectivament, un dels dies més desgraciats en la meua vida. L'origen d'aquest infortuni cal buscar-lo en l'alegria comunicativa del meu germà, impecable i implacable, subjecte voluntari pel qual ma mare tingué notícia de la transgressió, diguem-ne física, tot tenint en compte l'edat.

El seu nom és Pepín; això no obstant, avui en dia es reconeix com a Josep Torres, ja que no creu escaient signar amb el diminutiu familiar la sots-direcció del diari on treballa. Per a mi sempre serà Pepín, ni que arribe a conseller delegat del *Washington Post.* Jo sóc el major —el «xiquet», tal com abans anomenaven el primer fill baró— i havia d'assumir les tasques més pesades que ens assignaven, bo i que era més baixet i esquifit. A mi em pertocava traure aigua d'una bomba manual. Per omplir el dipòsit calia donar si fa no fa sis-centes voltes al mànec de la bomba, un aparell circular i de soroll monòton que et xerricava al cervell. De pare, no en teníem; no vam arribar a conèixer-lo: morí poc després de nàixer Pepín. Per l'àlbum de fotos, pel que posteriorment ens contaren, mon pare tenia una fisonomia que, quant a les aparences, era un reflex exacte del seu caràcter: alt, però prim i dèbil, mancat d'esperit emprenedor, la cara sovint colrada i els cabells platejats. Semblava Richard Widmark davant un duel inexorablement perdut. Tot en ell suggeria una derrota crònica. Cada dia de la seua vida fou una lluita inútil contra la malaltia pulmonar.

No hi havia un home a casa, doncs, i de ben petits la mare s'apressà a inculcar-nos el valor de la responsabilitat subsidiària tot posant més èmfasi en mi que no en el meu germà. Tristors econòmiques no en passàvem, però el luxe destacava per irrisori. Tiràvem endavant amb la parca pensió de viduïtat, les ajudes de l'avi i dels dos oncles, una xicoteta extensió agrícola a mans de llogaters i la cria de porcs, gallines i titos a càrrec de la mare amb la nostra ajuda esporàdica.

La vespra de la comunió ma mare anava de bòlit preparant a ca l'avi l'esdeveniment. Des d'allí, una casa més gran i cèntrica, eixiria jo vestit de mariner cap a l'església. Mentrestant nosaltres érem a casa amb el compromís de bombar aigua. Cada vegada que omplia el dipòsit, ma mare em pagava un duro; per la mateixa faena jo pagava dues pessetes a Pepín, una quantitat que ell considerava abusiva i jo generosa.

Vaig aprofitar l'absència d'autoritat moral a casa per obligar el meu germà a posar mans a la bomba mentre jo em tancava al lavabo decidit a posar-me-les en un altre lloc en principi més adequat. Certament no és la vespra de la primera comunió el dia més esplèndid per a masturbar-se, però xiquet i ingenu com era, estava persuadit que el pecat quedava inclòs en l'absolució amb què el capellà m'havia immunitzat unes hores abans. Disquisicions espirituals al marge, frisava de curiositat per fer allò que es condemnava amb duresa. Però tant d'entusiasme i tan poca experiència no em menaren al plaer que intuïa, i el meu penis, tendre i primerenc, notà l'excés.

Esparverat, vaig eixir del lavabo per explicar-li al meu germà el problema que duia entre mans, enrogit i pompós. En lloc de tranquil·litzar-me, Pepín encara m'astorà més just en el moment que la mare obria la porta. Amb rapidesa em vaig cordar els pantalonets i tot seguit vaig bombar aigua amb una cremor aguda en les parts violentades.

L'incident no hauria sobrepassat els límits d'una molèstia física si ell, Pepín, no haguera imbuït d'inquietud sanitària una qüestió estrictament personal:

—Mare, el tete té el piu unflat!

—¿Què et passa? —volgué saber ma mare.

—Res —que vaig dir jo aferrat al mànec de la bomba, més dur i compacte que el meu.

—Se l'estava menejant! —insistí Pepín, per si quedava algun dubte.

Les dones d'aleshores entenien poc de la relació complexa amb un xiquet hiperactiu i l'atenció psicològica, per tant, era un curs contundent de recursos: el meu germà, que era més prop, va rebre la primera galtada; de seguida a mi, dues voltes. I agraït: m'evità, de rebot, el complex d'Èdip infantil.

—¿És veritat, això que diu Pepín? —bescollada—. Contesta, bandoler!

—Jo... jo...

—Poca-vergonya, que no tens vergonya! —exclamava, incrèdula, abaixant-me els pantalonets. En vore l'estat del penis s'endugué les mans al cap—. ¿Què t'has fet?

—Se l'ha menejat! —La voluntat de Pepín per fer-se entendre era lloable. La mare, escandalitzada, l'hi ventà de nou.— M'ho ha dit ell!

—No tens vergonya, dir-li això!

—Li he dit que m'he rascat! —vaig protestar.

—¿Amb quina cara aniràs demà a prendre la comunió?

Mal que la tenia marcada, no era la cara el que em preocupava. El problema es trobava entre cames, amb una coentor que pujava d'intensitat com més passava el temps. Per sort, la mare anteposà la prevenció mèdica a la virtut moral i, en acabat de rentar-me les mans i els genolls —també els testicles i el baix ventre—, em portà a la consulta de don Eulogio.

Els metges de poble eren persones ocioses que despatxaven malalties rutinàries. A desgrat d'això gaudien d'un èxit espectacular per raó, possiblement, de la saviesa que els atribuïa una clientela d'escassa exigència. Era don Eulogio un individu alt i fornit; amb la barba acotada i la boca contreta cap avall, posseïa una mirada insensata que reafirmava un posat imperiós. De tracte planer, diagnosticava amb explicacions singulars i sovint, mentre observava els pacients, taral·lejava passosdobles en veu baixa, ara entonant la lletra o bé imitant el so d'un instrument. Als pobles valencians hi ha hagut de sempre una gran afició a la música; don Eulogio n'era un fan empedreït, com gairebé tots els habitants. Tenia prestigi reconegut en la comarca; per l'experiència i, sobretot, perquè a la consulta —àmplia, lluminosa, neta— disposava d'un aparell de rajos X, vell i oxidat, que treia unes radiografies tan fosques que no hi havia manera que en traguera res més que no fóra l'habitual «deixa de fumar i beure», tot i l'actitud rabiosament abstèmia del presumpte malalt.

Així que entràrem a la consulta, trobàrem don Eulogio netejant uns estris amb alcohol.

—Bon dia, don Eulogio.

—Bon dia. ¿Què hi ha, Eugènia?

—Mire... el xiquet té les parts unflades.

De petit em cridava l'atenció que als collons els digueren «parts» i a la resta del cos «organisme». Ho vaig saber el dia que vaig conèixer la primera dona: en efecte, el penis és un problema a part. El problema.

—Abaixa-li els pantalonets i senta'l —va manar don Eulogio.

La mare em va fer seure en un tamboret metàl·lic, el contacte fred del qual se m'incrustà a les natges. Llavors don Eulogio s'ajupí i, apoderant-se amb deferència del meu penis, l'examinà superficialment amb la mirada mentre cantussejava «Manolete, Manolete, si no sabes torear por qué te metes. /Manolete, Manolete, si no matas una rata en el retrete». Repetí les estrofes un parell de vegades.

—Té una irritació —digué.

—¿Com ha sigut?

—Em pareix que no s'ho ha fet caminant —féu sorneguer don Eulogio—. Li posarem una pomaeta i arreglat.

Escampà pel gland i la pell del penis una pomada que m'alleujà la coentor. Després hi afegí una rameta de julivert amb cotó-en-pèl i em va apujar els calçotets per subjectar-ho. Havent-me posat els pantalonets, ma mare aprofità la consulta:

—Don Eulogio, este xiquet ni creix ni es fa gros.

—¿Menja prou?

—Sí.

—Llavor de mala raça —sospirà—. Les persones són com els bacons, n'hi ha qui amb quatre bellotes trau bon pernil i n'hi ha qui l'embafen de Sanders* i no va avant. Però tu no et preocupes, a lo millor d'ací a un temps pega un estironet.

Sempre he tingut la certesa que, en aquella època, la diferència entre un metge i un veterinari estava en el pacient. Però bé: he servat un profund i públic agraïment a la figura i obra de don Eulogio. El marge de confiança que atorgà al fet que un dia o altre podia «pegar un estironet» em tingué l'esperança esmolada fins que vaig acabar la mili, als 23 anys, una edat en què els «estironets» es prodiguen poc.

El pitjor d'aquell dia, però, encara havia d'arribar. De retorn a casa ma mare m'obligà a confessar-me de nou, renunciant a acompanyar-me per estalviar-se les responsabilitats que, com a tutora moral, tenia davant el capellà. Don Mariano, que així li deien a l'intermediari de Déu al poble, era un rector amb propostes religioses mancades de realisme. Teòleg maximalista, exagerava la relació pecat-penitència fins a extrems immensurables: a penes diferenciava els pecats venials dels mortals; per comprovar que tothom complia el cilici oratori que imposava, havia instal·lat el confessionari davant de la capella lateral, on enviava els feligresos a exculpar-se. D'aspecte homosexual (i maricó era), pudia a celta curt. Amb la cara color sèpia, el cabell caspós i planxat, la sotana d'una brillantor tronada i els dits de

*El pinso preferit pels porcs de l'època. *(N. de l'A.)*

la mà esquerra amb taques de nicotina, don Mariano decretava ètica amb aquesta estètica.

Convicte i derrotat, les cames em tremolaven anant cap al confessionari, que, a les vigílies del Corpus, estava assetjat de dones majors a la recerca d'una parcel·leta al paradís. Si bé ho recorde, les dones es confessaven pels laterals i els homes per la part del davant, cara a cara amb el capellà. Mentre guardava el torn, vaig intentar preparar una estratègia tot i les dificultats de convèncer un home de la parcialitat moral de don Mariano. Però no vaig disposar del temps necessari, atès que tot eren dones i les cues eren per rigorosa tanda sexista.

—Tu ja t'has confessat —digué amb to enèrgic, si de cas un poc nerviós per l'estrès de la faenassa.

—És que adés m'he oblidat un pecat.

—¿Mortal o venial?

—Crec que mortal.

Em foté una clatellada sonora (era invertit i controvertit) i no sé si ho féu per castigar-me l'amnèsia o per la corpulència del pecat. Vaig confessar-me mentre ell em retorcia una orella i, absolt, em vaig alçar resseguit per mirades de iaies que m'assenyalaven com si fóra un psicòpata. Vaig eixir de l'església amb cristiana consciència i el físic estovat. Per a mi, complementar la dualitat fou un gran problema que vaig resoldre inclinant-me pel cos en detriment de l'ànima.

Un dia magnífic que tingué continuació a l'endemà, vestit amb pulcritud marinera, el bescoll estintolat, l'orella rogenca i una minga francament vegetariana. I don Mariano, la guinda: «¡Hijos míos, hoy es el día más feliz de vuestra vida!», exclamà, amb eufòrica pedofília des de l'altar, així que els xiquets fèiem l'entrada al temple. La teràpia que m'aplicaren tingué resultats positius: van passar unes setmanes perquè m'atrevira a agafar-me el penis ni que fóra per pixar amb comoditat.

2

Benicorlí era un poble que duia mil anys avorrint-se. Però no estava assedegat de vida; la situació geogràfica —a un quart d'hora del centre de la ciutat i a vint minuts de la platja— possibilitava als residents més eixerits, aquells als quals la riquesa vital els neguitejava el cos, aferrar-se a la diversió impune que ofereix l'espai de la metròpoli per continuar mantenint la categoria moral una vegada al poble.

Benicorlí ha estat un poble molt valencià: mai no hi passa res, aparentment. Va rebre la república amb la mateixa indiferència amb què suportà la dictadura i amb no menys idealisme bucòlic amb què conviu amb la democràcia. Hi ha hagut odis, però no represàlies. El saldo tràgic de la guerra espanyola es reduïa a la figura de José Antonio, l'únic nacional inscrit en la creu dels caiguts. Aquest poble sempre m'ha semblat una illa que no permet ingerències. Protegit per un cinturó d'horta que el separava de la ciutat i dels pobles del voltant, els seus habitants vivien sense pressa a cavall entre les faenes del camp i una burrera industrial que acabà imposant-se. Gairebé tothom es guanyava la vida amb alguna estretor no exempta dels conforts tangibles de l'època. De classes socials, n'hi havia dues: els que anaven a missa i els que preferien dormir. Minoritaris, els darrers.

La mare era religiosa; Pepín i jo també, per imperatius maternals. Complíem sense reticències l'obligació d'acudir a missa d'onze els diumenges. A més, el capellà passava llista visual i no era qüestió d'emprenyar-lo. Sovint ens col·locàvem al primer banc de l'església, un lloc immillorable perquè don Mariano ens vera. Agenollats des d'aquella posició contemplàvem entusiasmats les cuixes de les dones del cor, upades als escalons que precedien l'altar. A l'església es barrejava l'olor dels ciris consumint-se, el perfum dominical, aquelles mitges de seda negra, com de cony festiu, polit i ben rentat de les dones. Una mena d'olor indefinible però sens dubte engrescadora.

Els diumenges, a les dotze del migdia, tenia lloc un partit de futbol a la plaça del poble entre els xiquets del Reial Madrid i els del Barça. El meu germà i jo érem del Barça. Les causes dels perseguits trobaven en nosaltres uns defensors aferrissats. També simpatitzàvem amb el Levante U.D., l'equip de l'oncle Tomàs, el club dels pescadors del Grau de València i de les classes populars de la ciutat. Alguns diumenges, de vesprada, Tomàs ens duia al Vallejo. A la mare no li agradava: al camp del Levante s'aplegava la gent de maneres grolleres i malparlada. Allí he presenciat com una dona robusta esclafava un paraigua al cap d'un linier. Quina festa! Tomàs aplaudia enfervorit, tothom ovacionava l'agressora mentre era detinguda per la policia: «Le-van-te! Le-van-te!», cridava el públic solidaritzant-se amb la dona i en contra de les forces de l'ordre. El crit «Levante» era un eufemisme legal.

El Levante era un equip de perdedors, d'homes i dones amb la pell morena i profundament abrupta; d'individus abocats al silenci de la derrota. Comparat amb el Mestalla, l'estadi del València C.F., el Vallejo era vell, amb les grades pedregoses i incòmode. Per als seguidors granotes, el València era l'equip dels senyorets. No era ben bé així, però a qualsevol metàfora del poder —el València era l'equip oficial de la ciutat— s'anteposava l'odi dels vençuts. Al Vallejo es congregaven les masses que, per la procedència social, eren poc addictes al règim. Allà Tomàs trobava els vells anarquistes, gent de la vida nocturna i homes que, en general, feien de la blasfèmia una defensa contra l'infortuni.

La gent celebrava les victòries importants de l'equip com un triomf personal. Hi havia traques i molt de xivarri. En recorde una que no oblidaré mai. El Levante assolí la primera divisió després d'una disputadíssima promoció amb el Deportivo de la Corunya. El pessimisme històric, tan consubstancial al tarannà de l'aficionat granota, estava estigmatitzat en aquella frase que algú, segurament senyoret, havia escrit en una paret del Vallejo: «Quan este gat puge la palmera, el Levante estarà en primera. Però el gat està mort». El gat, doncs, estava viu i amb les ungles afilades per rebre el València C.F. El dia del derbi capitalí no cabia una ànima al Vallejo. El partit acabà cinc a tres a favor del Levante i res al món no pogué aturar l'esclat de paroxisme d'aquella gent: els aficionats més vells ploraven, els joves envaïren el camp per abraçar els jugadors i Tomàs feia la botifarra en direcció al centre de la ciutat, lloc d'on suposava que procedien els aficionats «merengues», també coneguts com els «xotos». Treballadors del port, petits empresaris fills d'exiliats, cenetistes en excedència forçosa, operaris de La Unión Naval de Levante, mestresses farcides de sagí, tots aquells afectats per greuges infinits accediren durant unes hores —ningú no es movia del camp— al paradís perdut. Serafín, Calpe, Valls, Camarasa, Domínguez,

Wanderlei... heus ací els déus —atesa la impossibilitat d'altres més efectius— de les classes populars de la ciutat de València. El futbol és l'activitat social menys esportiva.

Pel que fa a l'oncle Tomàs, val a dir que no era un home turmentat pels designis de la vida. No pertanyia a la classe social que majoritàriament donava suport a l'equip granota. Succeïa que Tomàs era al·lèrgic a tota manifestació de poder, les connotacions socials que el Levante desprenia excitaven el seu corpus ideològic, un híbrid confús de vividor irrefrenable i irreverència àcrata. A ca l'avi es respirava un aire diferent. L'avi Ramon i els oncles Ramonet i Tomàs formaven un grup distint de la família ideal que pretenia ma mare. Tomàs no s'entengué mai amb el seu germà Manuel, mon pare. Mentre el pare visqué obsessionat per planificar l'avenir, Tomàs vivia sense la visió manipuladora de la sensatesa.

Les visites a ca l'avi tenien lloc els diumenges, entaulats al voltant de la magnífica paella que cuinava Ramonet. Tots tres vivien en aquella casa que, molts anys després, enderrocaríem nosaltres. L'avi era un jubilat tranquil, tolerant i bondadós; Ramonet s'ocupava de la casa i les faenes del camp. Feia de mare, Ramonet. A pesar de l'aspecte físic —alt i ample, amb unes mans enormes—, tenia una dolçor impròpia dels homes d'ofici. El seu era un caràcter resignat a les circumstàncies: no recorde haver-li sentit mai una paraula de queixa tot i l'abnegació d'una vida al servei, sobretot, de Tomàs, al qual disculpava contínuament de la xafarderia del poble. La família es completava amb Manolo, el xai, i els gats que pul·lulaven pels terrats i el pati.

L'estil de la casa era típicament rural: gran, àmplia, humida però càlida, tenia el pis de fang endurit i era com un dúplex on el pis de dalt, que en deien cambra, acollia les habitacions i a la planta baixa es feia la vida. Les portes sempre estaven obertes de bat a bat (aleshores els xoriços eren tan professionals que no calia tancar-les). La planta baixa a penes tenia distribució per tal com era un espai únic que acabava en una mena de cuina, amb pis de taulell, que servia de menjador i sala d'estar amb xemeneia, i per la mateixa cuina s'accedia a un pati amb una espectacular llimera i un porxo sota el qual sovint seia l'avi a fumar-se un ideales, per bé que, asmàtic, ho tenia prohibit. El porxo acollia les reunions socials de la família i la gent que ens visitava.

Els diumenges, la mare descansava. Amb freqüència no venia a dinar a ca l'avi. Ningú no deia res, però tots sabíem que, sola a casa, plorava l'absència de l'home. N'estava molt enamorada, deien. Algunes nits la sentíem plorar des de la nostra habitació, paret mitgera amb la d'ella. Pepín i jo ens miràvem afligits, sense dir-nos res. No havíem conegut el pare i no el trobàvem a faltar, però la mare no pogué superar mai la solitud a què fou reclosa. Cap de nosaltres constituïa la seua felicitat, potser perquè cap dels dos s'assemblava a l'home que estimava.

Donava el to d'una dona forta. Havia treballat molt des que, ben petita, òrfena de pare i mare, fou recollida per un oncle de València, de família nombrosa, que per tota estima la tenia de minyona. La coneixença de mon pare fou la taula de salvació, una vida nova. Es casaren de seguida, l'any quaranta-sis, però tardaren cinc anys a tindre el primer fill: jo. Pepín, un any més tard, augmentà l'alegria familiar amb la perspectiva d'una filla —la il·lusió de ma mare— que la mort del pare impedí.

Però nosaltres, els diumenges, érem feliços; Ramonet feia la paella farcida de caragols i Tomàs torejava el xai al carrer davant les rialles del veïnat, de l'avi i del somriure indulgent de Ramonet, com si excusara el poc trellat del germà menut.

—Va, xiquets —ens deia—, porteu Manolo que vaig a pegar-li tres passes de «pecho».

Llavors convocava els veïns a colps de perol i tothom acudia al carrer i feia rogle. Eixia Tomàs amb uns calçotets de l'avi nugats al cap i els pantalons cordats més avall del melic, imitant Cantinflas, i allò era una festa. Per torejar Manolo havia de córrer, el xai el seguia i aleshores Tomàs frenava i, de genolls mirant el públic, amb la inèrcia de l'animal, aconseguia un passe d'escola, segons ell, «tremendista». La gent es baquejava i l'oncle, aprofitant que els marits comentaven la facècia, es dirigia on eren les dones per grapejar algun cul. La relació amb els veïns era esporàdica, només quan Tomàs tenia ganes de gresca. La festa durava fins que simulava estoquejar el xai, tenint cura de no nafrar-lo, perquè l'avi estimava els animals.

3

Al final de juny de l'any que vaig prendre la primera comunió, la mare va parlar amb l'avi. Decidida que estudiàrem en un col·legi privat, necessitava no tant l'aprovació de l'avi com l'ajuda econòmica. Fins aquell curs rebíem l'aprenentatge a l'escola pública del poble, aleshores anomenada «nacional». Llavors el tret més significatiu de l'ensenyament consistia en la memorització integral del catecisme catòlic, recitar de carrereta la taula de multiplicar, els rius i la història d'Espanya i les capitals de l'Europa no comunista, bo i posant un èmfasi especial en Alemanya i Itàlia.

L'edifici de l'escola, inaugurat durant el règim del general Primo de Rivera, estava dividit en diferents aules un pèl arbitràries pel que fa a l'edat dels alumnes, però rigorosament separades amb un mur per sexes. La nostra mestra, donya Pepita, esmerçava un extraordinari esforç en les lliçons. Si bé condescendia que algun xiquet no recordara la capital de Noruega o Dinamarca, no tolerava que no sabérem en quin país es trobaven Roma i Berlín. Això, i que parlàrem valencià entre nosaltres, la treia de polleguera. L'obsessió perquè dominàrem amb pulcritud el castellà xocava amb l'indomable monolingüisme que portàvem de casa. Rondava per la classe amb un regle a la mà, a l'aguait per etzibar una paletada a la testa d'aquell que, amb una resposta temeràriament veloç, fóra incapaç de traduir i recorreguera com un nàufrag a l'idioma matern.

Recorde amb afecte donya Pepita. Generosa si et repassava un exercici, se't ficava darrere recolzant els pits en el bescoll i rebies, llavors, una fiblada ardorosa. Paquito, el Gamenyo, s'equivocava sovint per tal que la mestra estiguera una bona estona esmenant-li les multiplicacions.

—Paquito, ¡qué zoquete eres! —es desesperava donya Pepita.

I ell somreia. De manera que la mestra, indignada, li fotia un seguit de paletades al cap sense efectes correctors, perquè si alguna exuberància lluïa el Gamenyo era la volumetria occipital.

Baixeta, fadrina i un poquet geperuda —potser pel pes de la pitrera—, la veu atiplada de donya Pepita penetrava amb rigidesa en les nostres orelles així que explicava, sobre un mapa, la serralada Cantàbrica. Tenia traça de calentona: quan vigilava la classe, mentre fèiem un exercici, seia a la cadira i, pensativa, obria i tancava les cames amb el palmell de les mans allisant-se les cuixes. A mi, això, sempre em va semblar desfici d'insatisfeta. Érem xiquets, però per poc que hi paràvem esment de seguida ens adonàvem que donya Pepita trobava a faltar un home. I no qualsevol home.

A la primavera obria les finestres de la classe i sovint se li escapava la mirada cap a una casa en construcció davant de l'escola des d'on els obrers —corpulents, peluts, amb l'esquena nua— no li escatimaven elogis. Ella rebia els exabruptes amb dissimulada indiferència, però sense tancar les finestres, circumstància que reproduïa un murmuri a la classe i la metàfora desbocada del Gamenyo, en veu baixa, que en treia conclusions:

—A esta tia, la figa li toca palmes.

Fa trenta anys que no sé res del Gamenyo. Vivia de llogat en una alqueria als afores del poble. Fill únic d'una família pobra, Paquito el Gamenyo ingressà a l'escola per ordre del capellà, en una lluita estèril per controlar ovelles díscoles. El primer dia que vingué a l'escola fou memorable. En vore-li la pinta que duia, donya Pepita volgué interrogar-lo. Li va preguntar l'edat i on vivia, però quan volgué saber l'ofici de son pare, al Gamenyo li jugà una mala passada l'idioma:

—Mi padre es maleante —féu Paquito entre les rialles de tots nosaltres.

Donya Pepita no podia creure que aquell xiquet de posat bordegàs tinguera la gosadia de contestar-li d'aquella forma, de manera que sense atendre l'explicació complementària li retorcé una orella durant una bona estona, perquè el Gamenyo insistia que havia dit la veritat, que son pare era «maleante», és a dir, que es dedicava a traure «malea» de les sèquies. Quan la mestra entengué l'equívoc, el Gamenyo tenia l'orella rogíssima.

Paquito el Gamenyo era el major de la classe i imposava el cabdillatge repartint estopa a tort i a dret. Pepín i jo ens férem amics d'ell. En un aprenentatge oficial tan pobre d'idees, el Gamenyo era l'únic que ens podia ensenyar alguna cosa de profit. Tenia tres anys més que nosaltres, un físic apreciable, cara rebordonida i les mans encallides d'atemptar contra la propietat hortofructícola del terme. Tocat pel carisma de líder natural, reunia la tropa a les vesprades, havent acabat l'escola, i exigia una col·lecta monetària en què, xavo a xavo, aconseguia unes poques pessetes amb les quals comprava llavoretes, una mena de tabac infecte que fumàvem vora la via del tren.

Les tertúlies amb Paquito el Gamenyo s'allargaven fins al vespre. Formàvem una roglana al voltant d'ell i, entre pipada i pipada, contava històries: assegurava que al cine del poble del costat hi havia una puta que te la menejava per cinc duros. I afegia, amb jactància, que ell era, per l'edat i el físic, l'únic de nosaltres que podia aspirar al grapeig de la dona. El problema eren les vint-i-cinc pessetes, es lamentava. Ens vam conjurar per recaptar-li els cinc durets al Gamenyo, amb la condició que ho havíem de vore. El Gamenyo tingué els diners, però no vam vore res. Tot era producte d'una imaginació tòrrida però espavilada. La setmana següent ell fumava Camel i la resta de contertulians llavoretes.

El Gamenyo representava l'antítesi de la realitat de l'època. L'aire sublim de moralitat catòlica del carrer s'esmunyia ací i allà com una plaga que tot ho assolava. Ell, però, semblava restar-ne al marge. No se'l veia a missa, no acudia a les processons, els seus pares a penes participaven de la vida del poble. Quan faltava a classe, donya Pepita enviava el municipal a buscar-lo i aprofitava la seua absència per advertir-nos de la mala drecera que havia mamprès. Però era justament aquell camí el que tenia algun atractiu per a nosaltres. Sense l'exemple encomanadís del Gamenyo, jo no hauria intentat masturbar-me el dia abans de la primera comunió (tot i que també m'hauria estalviat un dia inoblidable). La mala companyia de Paquito el Gamenyo va escandalitzar la mare, que no veia a l'escola del poble el lloc ideal per a ser persones de bé en la vida. Donya Pepita li va aconsellar el col·legi dels jesuïtes com un centre religiós de prestigi.

Dissortadament, l'avi no ho va evitar malgrat ser anticlerical, tot i que respectuós. Gairebé mai no s'oposava a res, com si creguera que el destí de les persones estava predeterminat i fóra inútil, per tant, qualsevol intent de millorar-lo. Vam rebre la notícia amb disgust, i només la intervenció dissuasiva de l'avi, però sobretot de Ramonet i Tomàs, impedí que ma mare ens internara a pensió completa al col·legi. L'oncle Tomàs es comprometé a dur-nos i portar-nos tots els dies. Jo crec que ella volia estar sola, cosa a la qual hauríem accedit gustosos, perquè a ca l'avi ens sentíem més lliures, però no al preu de recloure'ns en un centre que intuíem de disciplina irrespirable: teníem molt prop el paradigma inquietant de don Mariano.

Davant la perspectiva d'un pròxim curs escolar en qualsevol cas incert, ens apressàrem a superar l'estiu d'insuperable manera. De la mà del Gamenyo —Pepín, ell i jo formàrem aquell estiu un trio inseparable—, que al setembre marxaria amb els pares a la verema francesa, recorríem bona part dels pobles de la comarca caçant pardalets, banyant-nos nus en les sèquies i furtant ara uns melons i més endavant bosses de pomes o peres que, posteriorment, ell venia a preus rebentats per comprar tabac, jugar als futbolins o viatjar en els autobusos de línia a les hores punta, moment en què el Gamenyo impartia lliçons pràctiques de com refregar la bragueta en el cul d'una dona beneficiant-se de l'embús humà dins del vehicle. De retorn a casa, per caminals de l'horta, s'abaixava els pantalons i ens ensenyava la minga, amb un gland paorosament moradenc, prova irrefutable d'un bitllet d'autobús amortitzat.

Pepín i jo admiràvem la gosadia del Gamenyo, l'aire intrèpid, desafiador quan calia i amb un talent singular d'ingenu, de bonàs, si les circumstàncies eren adverses.

Diligent per ajudar les dones a pujar-los les bosses a l'autobús, no dubtava a encalçar-les així que se n'havia guanyat la confiança. Ens feia l'ullet, insinuant-nos que prestàrem atenció a les maniobres del mestre i aprofitava amb habilitat els sotracs d'aquelles carreteres prèvies al desenrotllament industrial. Amb poca voluntat que hi posares, el refregó estava garantit. Però jo no m'atrevia, entre altres raons perquè no arribava als agarradors de cuir que penjaven del sostre, la postura que millor permetia envestir dissimuladament per darrere. Em mancava si fa no fa un pam per arribar-hi, i cada dia, al pati de casa, m'amidava l'alçada per vore si sobrepassava la marca que havia fet en la paret.

Bevia llet pura —un líquid que odie—, menjava prou més del compte i feia gimnàstica amb les cames a fi d'estirar-les, però el físic em creixia en proporció inversa al meu desig d'assolir un cul, arredonit i compacte, com els que pressionaven els llepasses del Gamenyo i Pepín. Durant uns quants anys, els agarradors de cuir dels autobusos van ser la meua obsessió. En la mesura que em feia més camallarg —a poc a poc, tot s'ha de dir— canviaven els vehicles de ruta i els nous tenien el sostre més alt. Era desesperant haver-me d'esperar dos o tres anys per, amb prou faenes, penjar-me d'un agarrador. El dia que vaig aplegar a l'agarrador fou, aquell sí, el més feliç de ma vida. Una panera, així el panorama, pagava la pena.

Vingué setembre i el Gamenyo marxà amb els pares a la verema francesa. Pepín i jo l'acompanyàrem a l'estació. Estava content, com si anara de viatge turístic. L'andana era plena d'homes i dones amb maletes ronyoses nugades amb cordills. Estaven en aquella actitud d'espera quan, en el fons, ja no s'espera res. Abans de pujar al tren li regalàrem un paquet de Camel i vaig observar, en l'expressió movedissa de la cara, un gest d'agraïment.

—Me'n guardaré uns pocs i quan vinga se'ls fumarem junts.

Un detall solidari, però el seu bitllet no incloïa retorn. Deien al poble que, acabada la verema, el patró francès li oferí faena a son pare i decidiren quedar-se. Amb l'ingrés al col·legi dels jesuïtes, també nosaltres encetàvem una nova etapa.

4

Existeix una poderosa raó per la qual Pepín i jo fórem tímidament agnòstics en la joventut i arravatadament ateus en la maduresa: cinc anys en un col·legi de capellans; cinc anys sota sotanes ràncies que pensaven en la religió com un assumpte terrenal. Passàrem d'una missa a la setmana a missa i rosari cada dia amb l'afegit dels exercicis espirituals. Tot plegat era massa, venint com veníem d'un excés com el Gamenyo. Més encara quan, pel que fa a la incògnita de la Divina Providència, constituíem un híbrid entre les imposicions de la mare, la bondadosa indiferència de l'avi i Ramonet, i l'anticlericalisme militant de l'oncle Tomàs.

Les diferències amb l'escola del poble començaven pels companys, continuaven amb el professorat (ni una mala donya Pepita per tirar-se al bescoll) i convergien, sense matisos, amb el nacionalcatolicisme. L'ambient era, a més i damunt, competitiu fins a extrems indignants per a uns mandrosos que, com nosaltres, s'inclinaven més per la intuïció intel·ligent que per la voluntat de l'estudiós. La voluntat és la virtut dels mediocres, he sabut més tard però a temps. El sistema educatiu dels jesuïtes premiava amb honors superlatius els aplicats i humiliava els indolents. L'època era tan benigna per als pedagogs que els inhibia d'usar correctament el cervell.

Contaré, a propòsit, que els jesuïtes atorgaven notes mensuals. Es llegien en veu alta davant de tots els alumnes del curs, i les llegia el padre rector, un capellà allargassat curt de gambals que recordava el negre Jack Johnson el dia que va aniquilar l'esperança blanca Tommy Burns. Sever, inflexible i insensible, calb i amb una veu agusada de soprà que se sap divo, iniciava la lectura de notes per ordre alfabètic tret que hi haguera un alumne amb molt bones notes o bé un altre amb pèssimes qualificacions, que encapçalava l'acte. Diverses vegades vaig ser el primer a requerir la seua atenció:

—Usted, Torres, puede pero no quiere.

Si «podies» però no «volies», estaves venut. Llavors, el seguit d'adjectius com ara «vago» i «inmoral» (sus padres se sacrifican por usted y mire cómo les paga), i les premonicions admonitòries d'acabar malament en la vida (com si fóra possible acabar-hi bé), ressonaven a la sala com el soroll d'un martell contra l'enclusa. Tot seguit, d'exemple, el de les bones notes, el que «volia» i «podia», un bon fill el pare del qual probablement no tenia problemes d'abonar les altes mensualitats del col·legi.

Al fil dc la qüestió social hi havia, al col·legi, una guerra social entre els xiquets de València i els que érem de poble. A nosaltres, els de la ciutat ens deien «paletos» i nosaltres a ells «maricons» (no «marietes», una paraula estranya, ni «homosexuals», refinament gentilesa de la transició democràtica). Aleshores estàvem convençuts que parlar castellà era un idioma de «rarets». No era ben bé així, evidentment, potser hi havia una associació simple però decisiva: valencianoparlant/poble/llaurador/home fort; castellanoparlant/funcionari o professió similar sense preponderància del físic. El més determinant, però, s'arrelava en el fet que els xiquets de la ciutat anomenaren els pares «papà» o «mamà». Això ens emprenyava tant que, quan ens barallàvem amb algun d'ells, el posàvem de bocaterrosa i li retorcíem una orella —o un testicle, Pepín n'era partidari— i no el deixàvem fins que deia «pare» o «mare». Només Déu sap els castellanoparlants que deixà estèrils el meu germà.

Val a dir que érem una mica primitius, els de poble. Alguna cosa hi té a vore, supose, el comportament diguem-ne rural malgrat vindre d'un poble perifèric de l'urbs que patia d'aspiracions industrials. És curiós, però sempre m'he debatut entre dualitats lingüístiques, geogràfiques, familiars... Formàvem colla a banda, els de poble, al col·legi. De vegades jugàvem a futbol contra una selecció de València i, sovint, allò acabava com el ball de Torrent. A la mínima batussa esportiva es barrejaven de seguida greuges lingüístics. Al col·legi, les autèntiques classes socials eren els castellanoparlants i nosaltres, els nadius. L'hermano de vigilància posava ordre distribuint carxots més aviat a tort que a dret: els de poble érem els primers sospitosos per la fama de bestioles.

Ara bé, no voldria donar la sensació que els jesuïtes ens maltractaven cosa de no dir. A més, tot siga escrit, tenien uns costums involuntàriament literaris inhabituals a l'època. En primer lloc t'ensenyaven a escriure; en segon terme, i ací volia jo ara raure, t'imbuïen de lectura qui sap si per confort personal, tal com explicaré, o perquè algun padre llumenera, tocat per la lluminositat d'aquesta terra, ho creia avinent.

Siga com siga, algunes vesprades, després del preceptiu pati posterior al dinar, a fi de preveure l'ensopiment dels alumnes mentre aguardàvem l'horari de classe, ens reunien en una gran sala anomenada «brigada» tot el curs i un hermano de veu potent ens llegia narracions de Poe, Melville («¡Ballena muerta o bote desfondado!», declamava a crit pelat el capellà bo i espavilant-nos la soneguera), Chesterton o Stevenson. Una illa de tresors en un mar de ciència incerta, allò era l'hora de lectura prèvia a la classe de francès, idioma vilment assassinat en benefici de l'anglès, l'esperanto mercantil. Confesse que aquelles lectures m'han marcat la tria lectora per sempre. M'agrada i m'agradava que els llibres tingueren vida i l'hermano complia amb escreix potser perquè, reunits en silenci a la sala, s'evitaven els aldarulls al pati, tal vegada perquè mentre un d'ells llegia, els seus companys se sobreentaulaven el dinar, no ho sé ni té cap importància, el fet cabdal són les meravelloses hores que passava escoltant els bons mestres, a pesar que se saltaven fulls quan no els convenia.

S'ha d'agrair aquesta tasca, sé que és dura. Pepín, que dormia d'amagat a la sala, em pagava un duro si, de retorn a casa, en el cotxe de l'oncle Tomàs, li contava el que havia llegit l'hermano. Ho hauria fet gratis, perquè jo, narrant, em sentia el protagonista de la història. Tomàs també escoltava. Tomàs pretenia ser culte sense esforç. Tenia la dèria de memoritzar paraules que ell creia enrevessades, d'aquelles que ningú no sabia, per impressionar. Trobava als diaris una paraula o memoritzava expressions que havia sentit i les barrejava impunement en qualsevol frase. Un dia, ja érem nosaltres grans, estàvem amb ell en una cafeteria cèntrica de València. Feia temps que usava la paraula «inverosímil» ací i allà. Ens asseguérem a la terrassa i vingué el cambrer:

—¿Què prendran?

—Aigua mineral —demanà Tomàs.

—¿Amb gas o sense?

—M'és inverosímil —va amollar, fastuós. El cambrer marxà a la barra convençut que les volíem amb gas.

Gaudia, deia, narrant-los aventures inventades a partir del que recordava haver escoltat a la gran sala. Tant feia que s'ajustara o no a la realitat del llibre, això meu era un ajust de contes que jo mateix improvisava. A ca l'avi (la mare venia a recollir-nos allí) continuava fins que Pepín, exhaust, em deixava sol amb l'oncle Ramonet, que fingia escoltar-me atentament sense desatendre les faenes de la cuina. I després l'avi, embolicant-se aquell etern cigarret sota el porxo del pati.

De xiquet inventava molt. De vegades creem un món propi per incompatibilitat amb el món dels altres. La meua incompatibilitat era ma mare. Quan ella venia, jo callava. Entre ella i jo, entre nosaltres dos i ella, hi havia una distància sideral d'incomunicació. No li retrec res, vivia en un laberint inaccessible de desesperança. Tot allò no tenia sentit, mai no comprenguérem el seu dolor afermat inexorablement al pas del temps. Potser és el moment d'un altre ajust de contes, ara amb ella, ací, en l'envà de la memòria on la tinc ubicada, que no de la nostàlgia, però llançaré sobre ma mare un vel d'oblit. Això no obstant contaré, perquè fa al cas, com va morir.

5

Quan vaig vore l'avi tractant d'evocar un rostre que encaixara amb les seues paraules, vaig intuir que duia males notícies. Recorde l'escena amb prou exactitud: érem al despatx del padre rector, lloc fins on ens havia conduït un bidell traient-nos de classe amb urgència. L'avi estava assegut en una de les dues cadires davant de la taula del rector. Vestia el tratge de sempre, l'únic que tenia i que es posava en comptadíssimes ocasions. Dret al costat de l'altra cadira hi havia l'oncle Tomàs amb una expressió greu i concentrada a la cara. El rector féu eixir el bidell i aleshores l'avi, fregant-se les mans, quasi evitant la nostra mirada, digué:

—La mare... la mare està molt malalta.

També recorde un silenci breu que va trencar el rector:

—Vuestra madre ha muerto.

El bot de qualitat dramàtica en la veu del rector se'm quedà gravat com una marca feta a ferro roent: «muerto». ¿Morta? Ens ho digué amb la mateixa contundència amb què recriminava les males notes. I s'adreçà a mi, com si jo en tinguera la culpa. I juraria que es va adreçar a mi perquè volia vore'm plorar a cor què vols; perquè, a la sala, mai no aconseguí traure'm ni una sola llàgrima quan, davant de tots els alumnes del curs en silenci, em rebaixava amb adjectius esfereïdors que, lluny d'humiliar-me, m'encoratjaven a aguantar-li la mirada amb la impavidesa del qui voluntàriament se sap i vol assumir la condició de culpable. ¿Morta? El padre rector no sabia que, des de feia anys, ma mare era un cadàver. Ell creia que perdre una mare era una desgràcia, i potser ho és, no ho sé, però nosaltres tan sols havíem perdut una absència.

Havia caigut d'una escala mentre podava el gesmiler del corral, ens digué l'avi i en absolut mentí. ¿És possible trobar la mort des de tres metres d'alçada? Aquesta era la pregunta que em féu el meu germà molts anys després, remirant l'àlbum de fotos familiars, quan ens adonàrem de la coincidència de dates del dia que va morir ma mare i el dia que es va casar. Probablement deixà les tisores en terra, pujà per l'escala recolzada sobre la paret fins al terrat de la cambra i es tirà al corral. O potser fou una dissortada casualitat del destí, tan determinant per a ella. Tant fa que morira d'accident o se suïcidara, no volia ni potser mereixia viure. Mai no he comprès que una dona o un home base l'existència en l'amor irrenunciable per un altre. El meu escepticisme de vital formació m'impedeix aquesta confiança obsedida en l'espècie humana. A l'amor trencat per les circumstàncies, a l'estima com a estigma, opose l'estima per la dignitat personal, l'egoisme solidari d'autodefensa.

Que el cel la jutge, però. El veredicte del poble fou generós, tothom vingué a expressar-nos el condol més sincer. Totes les dones foren aquell dia una mare per nosaltres, acaronant-nos la cara o prement-nos-la contra els pits i agermanant-se maternalment amb el nostre dolor. Una extraordinària catarsi col·lectiva a la qual don Mariano no fou alliè: «Dios aprieta pero no ahoga, hijos míos», ens reconfortà des de l'altar, ell, pobre, que morí quatre anys més tard ofegat per un emfisema pulmonar de celta curt.

6

La mort de la mare reinicià una etapa tan radicalment distinta en nosaltres com el canvi de l'escola del poble al col·legi dels jesuïtes, canvi, per cert, que encara patíem. Canvi, en principi, de residència; anàrem a viure a ca l'avi, situació que originà les primeres reformes a la casa. L'avi necessitava diners, els ingressos de l'explotació agrícola eren insuficients per a despeses extraordinàries i poc podia afegir l'oncle Tomàs, representant comercial no sabíem ben bé de què, perquè ho representava tot i quasi tot s'ho gastava. De manera que l'avi ens reuní en consell familiar per comunicar-nos que, si ho trobàvem avinent, vendria la casa dels nostres pares. No hi hagué cap objecció, vendre aquella casa era desfer-se d'un malson. De la venda s'encarregaren l'avi i Tomàs. L'oncle Ramonet a penes participava, ni en veu ni vot, de les decisions importants per pròpia voluntat. Intervenia poc en unes operacions, les de venda, que tingueren al llarg de la nostra vida una estreta relació amb el nostre modus vivendi, que diria Tomàs.

El gran pati de ca l'avi confrontava amb els petits patis de sis veïns. La casa era una ela a l'inrevés; els ingressos atípics que en un futur ens foren indispensables isqueren de la venda de trossos de pati al veí que apostava millor. Dels dos-cents metres quadrats originaris en gaudim de vint-i-cinc o trenta escassos, actualment. Prou i massa si considerem l'immillorable nivell de vida i la qüestionable tasca laboral que els metres venuts reportaren, sobretot, a Tomàs, que com més major es feia més mandra sentia pel treball. L'oncle Ramonet, responsabilitzat ara de dues persones més, no donava coll a les faenes del camp. En conseqüència, l'avi (posteriorment Tomàs i nosaltres) prenia la sàvia decisió de vendre a fi que no ens faltara de res a casa.

L'avi no ens va traure del col·legi per respectar la memòria de ma mare. Nosaltres ens hi continuàvem sentint incòmodes, però el fet que gaudírem de tanta llibertat a casa ens compensava de la intolerància jesuítica. A més, viatjàvem cada dia a València. De cop i volta Tomàs adoptà el paper de pare d'acord amb allò que entenia per autoritat moral, pràcticament nul·la però interessant-se pels nostres problemes escolars que es resumien en un seguit de queixes contra els mètodes religiosos. Contra mi, els capellans també es queixaven. De tant en tant el padre prefecte requeria l'atenció de Tomàs:

—Este chico no estudia. Puede pero no quiere.

—No se preocupe que cuando llegue a casa lo apretaré para que estudie —el tranquil·litzava Tomàs.

Però, a casa, Tomàs venia poc. O més ben dit venia a hores intempestives. Només els dijous es presentava a l'hora de sopar. La nit dels dijous anàvem al cine del poble. Sempre, com un ritual. L'estrella del cine era Tomàs, rèiem molt amb les seues postil·les als diàlegs dels actors o els comentaris o els gestos espontanis que amollava en plena projecció. Els habituals a la sala ja sabien que quan eixia alguna autoritat a la pantalla, Tomàs deia la seua. Un dia aquestes bromes quasi ens costaren un disgust. Arribàrem amb el NO-DO (una mena de telenotícies del règim) iniciat. Com sempre, ens asseguérem l'avi, Ramonet, Tomàs i nosaltres dos a les files de darrere. El locutor del NO-DO, l'incombustible Matías Prats, comentava les imatges d'un partit de futbol entre l'Athlètic de Bilbao i el Reial Madrid, final de la copa del Generalísimo (ara s'ha generalitzat del Rei). Va guanyar el Bilbao i així que el Generalísimo Franco lliurava la copa al capità bilbaí, Tomàs féu un llarg i sonor pet amb els llavis. Tret de nosaltres, cap dels presents no va riure i això ens va inquietar, perquè era notòria l'ascendència còmica de l'oncle entre el públic cinèfil del dijous. D'enmig de la foscor i des de les primeres files va sorgir una figura ampla cridant com un foll:

—¡Paren la proyección! ¡Paren inmediatamente la cámara!

Al local es féu la llum i l'aclaparadora silueta del caporal de la guàrdia civil, vestit de paisà i acompanyat de la dona, aparegué ben plantat entre un cafetar de caps immòbils.

—¡Que salga el que sa cagao con el caudillo! —exigí el caporal no gaire benemèrit amb el llenguatge.

Tothom coneixia el culpable, però ningú no badà boca. La sala restà en silenci. Era un dijous d'hivern i érem pocs.

—Mare de Déu santa! —se li escapà a l'avi en veu baixa.

—Tranquil, pare, això ho arregle jo —digué Tomàs mentre l'afer prenia un caire seriós amb el caporal, de braços plegats, que insistia ara dalt de l'escenari:

—¡Que salga el que sa cagao con el caudillo, a las buenas o a las malas!

D'un moment a un altre semblava disposat a interrogar el personal per l'únic conducte reglamentari que coneixia el cos estranyament anomenat civil: carxot i pregunta, en aquest ordre.

—¿Què fem? —inquirí l'avi—. Este tio ens busca la ruïna.

—D'això res —féu Tomàs, i s'alçà—. Señor Cabo, ha sido el chiquillo.

Horror, assenyalava el meu germà; l'avi no s'ho podia creure, l'oncle Ramonet agafà Pepín com si volguera evitar que el deportaren a l'illa de Cabrera. El caporal baixà de l'escenari i arribà fins a nosaltres amb una ombra de dubte:

—¿El chiquillo?

—Verá —aclarí el malentès Tomàs—, estaba jugando con su hermano y se le ha escapao el petorro.

—Involuntario —afegí l'avi.

—¿Usted se cree que soy idiota? —recelà el guàrdia.

—Se lo juro por lo más sagrao —mentí Tomàs.

—Es verdad —intervingué el senyor Paco, acomodador de la sala amb carnet de falangista per exigències del treball i amic de l'avi—. Lo he visto yo, lo ha hecho el chiquillo jugando con su hermano.

La presumpta conducta de Pepín li devia semblar al caporal d'una vilesa insondable, però les paraules del senyor Paco, home del qual es pressuposava lleialtat contrastada, persuadiren el guàrdia, que no obstant això reclamà de l'avi i els oncles el nom i els cognoms. Amb el requeriment complit, no sense entrebancs, considerada la indigència ortogràfica de la Benemèrita de l'època, ordenà que es presentaren al quarter a l'endemà. Després, desairat per la impotència, cridà la dona i marxaren del cine.

En absència de l'autoritat incompetent, el senyor Paco recriminà a l'avi l'actitud de Tomàs:

—Açò ja es veia vindre —fou tot el que digué i ho digué amb to amistós per bé que una mica emprenyat.

L'avi arronsà els muscles amb innegable resignació. Sabia que esmenar el seu fill era com obsequiar un sord amb un concert de piano.

El públic tocà de palmes i corejà l'eslògan habitual «que comence, que comence...», signe inequívoc d'impaciència. Amb la sala de nou a les fosques, el senyor Paco ullava el personal a fi que no feren les dues coses que tenia encomanades vigilar: que ningú no fumara (els extintors de la sala no funcionaven) i que les parelles de nòvios no es tiraren mà. Però el senyor Paco, passats trenta minuts de pel·lícula, s'estirava en una butaca amb una expressió rigorosament satisfeta i roncava com un beneït. De dia treballava en les obres públiques del consistori.

L'incident de Tomàs amb el caudillo va arribar a oïda de la mare, a qui si d'entrada no li pareixia oportú que dues criatures isqueren a boqueta nit, les eixides verbals de l'oncle acabaren de ratificar-li el criteri. Per la seua banda, Tomàs tingué a partir d'aquell dia la precaució d'arribar prompte al cine o, si per qualsevol causa hi entrava amb retard, buscar l'acomodador:

—Paco, ¿ha vingut el cabo?

—Fes el favor, home, i tin coneixement. Pareix mentira, a la teua edat!

El bo del senyor Paco ignorava que Tomàs patia la síndrome de Peter Pan. Era com un xiquet que a penes tenia noció de la responsabilitat, per això nosaltres ens sentíem tan a gust amb la seua companyia; és potser per això que fou el nostre millor amic. De matí, quan ens duia al col·legi, fèiem el trajecte imitant els diàlegs dels actors d'aquelles pel·lícules que més ens agradaven. Les cintes de l'oest l'entusiasmaven: John Wayne (ell en deia Vaine), James Stewart, Richard Widmark, Gary Cooper (sabia de memòria *Solo ante el peligro*), Henry Fonda, Gregory Peck... eren els seus ídols. En general gaudia de tota classe de pel·lícules i sovint anàvem al cine sense saber quina feien. Plorava, reia, comentava en veu alta si li agradava o no una seqüència o la resposta d'algun personatge. El dia que tenia l'humor lúcid, el públic estava més pendent del que deia Tomàs que de l'argument de la pantalla.

Però en altres ocasions penetrava amb tristesa en l'ànima del protagonista. Recorde haver-lo vist plorar en silenci amb Natalie Wood, en *Esplendor en la hierba*, just quan l'actriu recitava un poema que anys més tard Pepín va trobar en un llibre de William Wordsworth: «I encara que la llum, abans tan viva, ja s'allunye per sempre dels meus ulls i no puguen tornar-me aquelles hores de resplendor a l'herba i de glòria en la flor, no sentirem tristesa, i trobarem delit en el que ens queda». Aquest fragment del poema «Clarianes d'immortalitat», que no va saber mai que existia, el va dur gravat en la seua memòria que, enfilada en un ampit fràgil, així l'extractava: «Encara que el temps passe, sempre recordarem els dies d'esplendor en l'herba». Fou el seu vers preferit de comiat a les dones. Però a elles, desagraïdes, tan sols els quedava el regust d'una immoralitat immortal. Un malentès lamentable, perquè Tomàs, en el fons, era un romàntic refugiat en el cinisme.

7

A les cinc de la vesprada, l'hora d'eixida del col·legi, Tomàs ens duia, quan podia, al Rex, a l'Oeste, al Coliseum, al Suizo, al Capitol, al Gran Vía, al Metropol o a qualsevol de les sales de cinema que aleshores funcionaven a València. De vegades venia acompanyat d'una dona i xalava d'allò més presentant-nos com a fills seus:

—¿Has vist quines perles tinc?

I la dona semblava entendrir-se amb nosaltres. Usava la tàctica de fer-se passar per vidu; així, deia, les dones es predisposaven més amb ell, convençudes que necessitàvem una mare i Tomàs decidiria casar-se. Eren joves, les nòvies, o si més no prou més joves que ell. Com a home posseïa aquell atractiu de poca-vergonya; simpàtic i extravertit, tenia el físic de Vittorio Gassman i la imponderable lleugeresa de caràcter d'Alberto Sordi. La seua relació amb les dones caminava per damunt d'un cable tibat entre les dues riberes d'una cascada.

Amb les dones Tomàs tenia un gust variable. No seguia una determinada regla estètica, ans al contrari: igual es presentava amb una de camallarga com de malucs amples. Li agradaven tant que no triava gaire però, a voltes, ens sorprenia amb una acompanyant escultural i enfarinada de maquillatge que, com més tard esbrinàvem, es guanyava la vida en una casa de cites. De totes les dones que en aquell temps festejava Tomàs, n'hi hagué una, Elisa, castellanoparlant, amb la qual l'oncle tenia un comportament distint. No és que adoptara amb ella una actitud d'acusada responsabilitat, però sens dubte la tractava de manera diferent. D'aquella dona, amb qui tindríem un encontre revelador anys després, recorde la seua bellesa plàcida lluny de la voluptuositat provocativa d'altres. El seu físic no era exuberant, però et sorprenia per una mena d'esplendor que copsaves de seguida; la forma de vestir i els gestos la distingien de les altres. A colp d'ull no era una dona per a Tomàs, si més no adequada al seu caràcter. La seua presència ens enfitava per les maneres d'amabilitat sincera que ens professava. Ens agradava molt que vinguera; era l'única dona que aleshores va mostrar una mica d'afecte per nosaltres, però Tomàs no la duia gaire. Encara avui en dia no entenc què els unia si no era la possibilitat de trobar en l'oncle una remota promesa d'amor. La suposava resignada a la dubtosa perseverança de Tomàs, que, com la peça d'un escaquer, saps que en un moment o altre la perdràs.

Moltes vegades Tomàs s'oblidava de recollir-nos a les cinc de la vesprada. Llavors iniciàvem la fabulosa odissea de viatjar amb tramvia des de Ferran el Catòlic fins a la plaça d'Espanya i, d'allí, amb autobús, al poble, tot i que preferíem que vinguera per la peremptòria raó que Tomàs, així que tinguérem els diners de la venda de la casa, es desféu del Quatre-Quatre i va comprar un Seat Mil cinc-cents nou de trinca, un cotxe que, quan passava, t'hi havies de fixar per força.

El col·legi dels jesuïtes tenia un solar d'aparcaments abans d'accedir a l'edifici. Els pares venien a buscar els fills i allò semblava una fira automobilística de luxe on el Quatre-Quatre de Tomàs diries que era Orson Welles competint en bellesa amb l'actractiu insultant de Janet

Leigh a *Sed de mal*. Per tal d'estalviar-nos les mirades insidioses dels nyicris de la crema urbana, el meu germà i jo esperàvem l'oncle a la porta que donava al carrer. Tomàs també defugia l'aparcament, neguitejat com estava per una mena d'altivesa que li impedia consentir el menyspreu ni que fóra insinuat.

El dia que estrenàrem el Mil cinc-cents féu sis o set voltes pel solar abans de deixar-nos al matí i les mateixes abans de recollir-nos a la vesprada, una demostració que tirava més a l'amor propi que a la vanitat. Aquell dia va saludar tothom i ningú no el coneixia perquè de nosaltres, com en general de la gent de poble, els de la burgesia urbana se n'escapolien com de la pesta. Érem d'una altra classe social, diglòssica a la força: parlàvem un altre idioma naturalment inintel·ligible per a ells.

Com que Tomàs era home de celebracions, volgué batejar el Mil cinc-cents amb un berenar especial en una casa que ja coneixíem i de la qual ell era client regularment esporàdic. La casa, que encara existeix amb la pulcra dedicació que la va popularitzar, és coneguda com la «finqueta» i està a l'avinguda de Peris i Valero. És un edifici de dos pisos amb un pati ple de grans cossiols amb plantes d'aparença tropical. Al primer pis et rebia la senyora Amparo, madame del local que en vida va tractar el més florit de l'alta societat valenciana. El local, òbviament de putes, ha tingut sempre reputació d'allò que en diuen «alt standing» i una discreció traïda pels anys d'activitat. Segons Tomàs, si pretenies parlar amb el governador civil havies d'anar a la finqueta, tot i que la senyora Amparo introduïa les autoritats, amb cita prèvia, per una porta lateral lluny de la xafarderia dels vianants.

La finqueta, ara i sempre, no estava a l'abast de tothom i potser per això Tomàs hi anava en comptades ocasions, però la senyora Amparo era igual d'atenta amb els habituals que amb els altres. Era una professional qualificada. Si nosaltres sabíem que era una casa de cites, és perquè a l'oncle se l'enduien les ganes de cardar mentre la senyora Amparo, amb manifesta cortesia, encetava un exquisit pròleg bo i preguntant-li pel treball i la família a la saleta d'estar. I, sobretot, perquè en eixir d'allí, ja en el cotxe, Tomàs, amb el segell de relax en la cara, deixava anar un sospir abans d'engegar el vehicle:

—El tio no entén de política, però si el món estiguera ben follat no hi hauria guerres.

És evident que sí que n'entenia, de política.

Pepín i jo esperàvem Tomàs a la saleta d'estar jugant al parxís i amb una llesca de pa amb cola-cao en pols i llet de pot que ens servia la senyora Amparo. Més tard, d'adolescents, ens posava una copeta d'anís i, quan tinguérem els estalvis que calien, franquejàrem la saleta i comprovàrem per què aquella casa complaïa l'exigència de qui podia pagar-s'ho.

A les vesprades teníem la diversió assegurada: o viatjàvem, o anàvem al cinema o esperàvem; esperàvem que Tomàs, quan venia acompanyat d'una dona, baixara del pis on vivia la senyora de prendre, segons ens deia amb un somriure còmplice, una «tasseta de cafè». Jo crec que en prenia més d'una, o cafè i algunes copes, ja que tardava prop d'una hora a baixar, i baixava més esllanguit del que s'esqueia al seu tipus. Tanmateix, en certa manera, també nosaltres preníem cafè primer al tramvia i després a l'autobús. En el trajecte entre Ferran el Catòlic i la plaça d'Espanya hi havia una parada especialment encisadora: el col·legi femení Jesús y María. Era l'època en què, per fi, la meua alçada física podia suspendre's, bé que amb penes i treballs, dels agarradors de cuir del sostre dels vehicles públics.

El Jesús y María era un extraordinari viver de donetes. Educades en l'amor fraternal als altres, confiaven amb cristiana candidesa en els seus iguals, és a dir en els adolescents que, com elles, rebien una educació de catòlica confiança. Com que no sempre gaudíem de l'oportunitat de viatjar amb tramvia, procuràvem fruir de les ocasions insòlites que es presentaven posant en pràctica la universal estratègia del Gamenyo: ajudàvem amb cortesia aquelles alumnes que, atabalades amb la cartera dels llibres i la bossa d'esports, tenien dificultats a pujar a la plataforma del vehicle. Elles eixien a les cinc i mitja, de manera que calculàvem l'hora deixant passar un parell de tramvies. Els dies de pluja resultaven decebedors: els pares acudien a buscar-les. Però a la primavera la situació canviava radicalment: grups de lolites s'arrombollaven juganeres i insensibles al vaivé del tramvia. Era aquest zim-zam, que sabíem de memòria en quins trams de via tenien lloc, el que ens proporcionava major rendiment de panera amb la mínima sospita.

Algunes vegades viatjàvem tan gustosament adherits al revers d'elles, que ens passàvem de parada i havíem de tornar a peu a la plaça d'Espanya. Que tibants i ingènues eren les natges de les nenes, vestidetes amb les faldilles amples i prisades de l'uniforme, i que flàccid t'ho retorna la memòria. En recorde una de quinze anys (quinze!) amb unes mans grassonetes semblants als peuets d'un porquet de porcellana, que em tenia l'enteniment begut. Portava un pentinat com Barbara Stanwyck i el costum de vinclar una mica l'esquena ignore si per defecte físic o excés de zel. No és que tinguérem dèria de triar, no estava l'època per a paladars elitistes, succeïa que si per badoca o consentidora alguna alumna facilitava l'envestida, la cercàvem amb indissimulada frisança. Crec que li deien Eulàlia, o potser Cristina, o què sé jo ni falta que feia si m'havia presentat el seu darrere i, de vegades, si el nombrós públic del tramvia ho provocava, els seus pitets d'inicial turgència. Tan bon punt la veia pujar, gambava al seu voltant com un gos faldiller, a l'aguait i lluitant amb els colzes amb perdiguers adults que, després d'un preliminar prescindible, amb prussiana presència i emparant-se en la veterania que dóna l'edat, ensumaven la direcció del conillet. El món era aleshores un mocador i ens trobàvem tots al tramvia.

Certament es palpava un clímax d'erotisme contingut. Des de la tendra infantesa (jugàvem a pares i mares amb les nenes del veïnat), passant per la irrefrenable adolescència fins a l'eixerida maduresa, qualsevol tumult es transformava en un encalçament acuitant de cossos. Perquè, és clar, també al tramvia pujaven homosexuals, o siga que a l'atenció per empaitar una panera s'hi afegia l'amor propi per la pròpia rereguarda. Cafè per a tots. Per una causa o altra, la veritat és que no viatjàvem gaire tranquils.

Hi havia diguem-ne una manca de respecte per la disbauxa innocent de bressolar-se al transport, llavors més aviat impúdic que públic. Un dia el meu germà Pepín, consumat especialista en l'afer que ens ocupa, coratjós per l'èxit obtingut al tramvia, es va enfilar a l'autobús i sense massa miraments es va abalançar aprofitant un revolt sobre el cul enfaixat d'una senyora xurra. Per definir-la en termes quantitatius, devia fer cent-cinquanta centímetres i gairebé el mateix pes, ho sé perquè abans d'estampar la mà dreta a la cara de Pepín va obrir les cames, posicionant-se, i em va premsar un peu. Hi hagué un aldarull notable a l'autobús i la protesta, segurament solidària, d'un home:

—¿Per què li pega al xiquet?

—¿Siquillo? ¡Este es más borde que la lesche que ha mamao!

Baixàrem a la següent parada, jo coix i Pepín marcat per obra de l'atiada efusió. Lluny d'amoïnar-nos, l'agressió indiscriminada de l'agredida ens va predisposar, en un futur, al grapeig subtil. El meu germà, que ja despuntava per l'atractiu físic, estava mal acostumat que certes dones permissives el deixaren fer beneficiant-se del guirigall al transport públic. De sempre ha tingut més fàcil l'accés a les dones i, potser per això, cometia lleugereses d'imperdonable suficiència. La clientela habitual del tramvia, sobretot la del col·legi femení, havia divulgat la sospita vers nosaltres a causa dels moviments amb prou feines harmònics de Pepín. Per culpa d'ell, vam haver de desistir durant un temps d'agafar el de les cinc i mitja. Si fins i tot un cobrador ens coneixia i no per usuaris!

—Xiquets, ¿no vos pareix que abuseu?

Això digué mentre Pepín empenyia una alumna cap al davant del vehicle amb febril activitat. El cobrador, parsimoniós com una vaca tirolesa, no devia ser home de principis morals inalterables: més que recriminar-nos-ho ens féu una bondadosa amonestació que, per sort, va passar desapercebuda a la resta del passatge. Els dos incidents ens decidiren a canviar de ruta i a fer la circumval·lació a la inversa.

Però res de renunciar-hi; impossible, ja que la jornada començava per a nosaltres a les cinc de la vesprada, l'hora en què segons diuen comencen la faena les primeres espases del toreig. S'iniciava, doncs, al tramvia, s'entestava a l'autobús i continuava així que arribàvem a casa on no ens esperava un pare o una mare; és a dir, teníem una família sense regles, ni menys encara excepcions.

8

Ara érem feliços, en efecte. Encara persistia la berruga molesta del col·legi, la intolerància generalitzada d'una societat amorrada a la bota autoritària, però per a nosaltres les hores s'escolaven amb sorprenent rapidesa. De vegades reflexionava per què els oncles i l'avi eren tan diferents de la resta. No m'adonava que la pregunta estava plantejada a l'inrevés. Aquella època d'adolescència i joventut imprimiren en mi l'enorme valor de la llibertat individual. L'avi, que posseïa la intel·ligència de l'autodidacte, ens deia que el problema no són les regles sinó què fer amb elles, com usar-les. A ca l'avi semblava que no n'hi havia, però eren pertot arreu de forma natural. Per exemple: a la cuina, al centre de la taula, hi havia una caixeta de fusta amb diners. Tothom en podia traure per a les seues necessitats. Ramonet feia la compra diària d'aquella caixa, Tomàs hi pessigava de tant en tant per a despeses supèrflues ja que el consum ordinari anava a càrrec de la seua llibreta d'estalvis, i nosaltres n'agafàvem quan ens venia de gust sense haver de demanar permís.

D'altra banda, l'avi no ens féu mai aquella pregunta que jo odiava tant: «de majors, ¿què voleu ser?». Jo no volia ser res, era extraordinàriament clar que seríem el que voldríem. Durant molts anys vaig pensar que si hem estat persones normals va ser per l'absència d'una educació específica. Però estava en un error, l'avi es preocupava per nosaltres sense la pressió d'una disciplina que, en el fons, amaga un seguit d'idees de control autoritari. Les seues regles venien determinades pel sentit comú, aleshores allunyades del sentit col·lectiu.

A penes parlava de política, no li interessava i, no obstant això, les portes romanien contínuament obertes per a tots. Fins al pati de casa s'aplegaven homes retornats de l'exili, ex-represaliats comunistes, socialistes o anarquistes. Procurava ajudar-los a tots malgrat que no compartia la ideologia de ningú. Era un escèptic sense estridències, silenciós o bé resignat, un home que no entenia moltes de les coses que als altres els semblaven raonables. Anteposava la solidaritat a les idees: una mena, doncs, d'idealista ingenu fora de context. La gent li tenia estima; el respectaven fins i tot els feixistes, que l'acusaven de permissiu, a ell, que era tolerant amb quasi totes les conductes.

La guerra espanyola li deixà una tristesa inesborrable que evità transmetre'ns en tot moment. Sota el porxo del pati, assegut en la cadira, es deixava endur sovint pels pensaments. Jo li respectava aquells instants d'intimitat, però hauria donat qualsevol cosa per escodrinyar el seu somni. A voltes li brillaven els ulls o somreia de manera lleu, gairebé inapreciable, mentre acariciava el llom d'un gat. Qui sap quantes il·lusions i esperances se li havien malmenat en el camí! A pesar d'això no expressava motius de queixa, com tampoc no exterioritzava en excés la joia. Sentia una majestuosa indiferència per l'avenir del món, com si tots estiguérem aferrats a un destí immutable.

Va nàixer amb una mà davant i l'altra darrere. Si ara gaudíem d'alguns béns patrimonials era degut a un esforç personal que al llarg dels anys li malmeté la salut. De jove fou el capatàs del cacic del poble, don Josep Granell, els descendents del qual formen part de la burgesia urbana de València. Duia al seu càrrec una colla de quinze jornalers que no tenien relació amb l'amo. La missió de l'avi, home d'absoluta confiança del propietari, era vigilar que els treballadors compliren amb escreix, dur els comptes de la nòmina i la compra d'estris. Però era un jornaler més que procurava les terres com si foren d'ell, i d'ell fou també la malaltia asmàtica atrapada en la humitat dels arrossars. En compensació, l'amo li va vendre catorze fanecades de marjal a un preu assequible. També va comprar unes parcel·les d'horta i es va independitzar; per sort, atès que els fills de l'amo eren senyorets sense escrúpols i l'avi es va estimar més deixar la faena abans de trobar-se en l'obligació d'exercir d'autèntic capatàs amb els treballadors.

No tenia tendència a contar la seua vida, només episodis puntuals. Tot el que sabíem d'ell ens ho narrava l'oncle Ramonet, que l'idolatrava. També va estimar molt la seua mare, la nostra àvia Isabel, morta de tuberculosi l'any 1932. D'ella, però, se'n parlava poc a casa. Deia Ramonet que l'avi tenia tirada a entaforar els records ben al fons d'ell mateix i no deixar-se dominar per la malenconia davant dels altres. «Era guapa, molt guapa», s'enyorava l'oncle quan, dalt a la cambra, treia fotografies de l'àvia d'una caixa de cartró recoberta de polsim. Tenia un paregut admirable amb Tomàs, però més «formal i responsable», afegia l'oncle amb un somriure. Nosaltres dos pujàvem poc a la cambra. Ramonet era l'únic que, de tant en tant, rescatava algun record entre la pols.

Una mare sensacional, l'oncle Ramonet. Així que arribàvem del col·legi, ens preparava el berenar, un menú d'entrepans al nostre gust que abastava des de les populars sardines de bóta, llet condensada La Lechera, vi amb sucre, pa amb oli i sal al torró de Viena, a deu quinzets la barra. Cap pregunta sobre la marxa dels estudis bo i que sabia, per les notes mensuals, que anàvem malament. Berenàvem i desapareixíem fins a l'hora de sopar, que l'ajudàvem a parar taula. Ramonet sempre era a casa tret de les vesprades dels dimecres. Invariablement, eixe dia anava «a pegar una volta». Ningú no sabia on perquè ningú no li ho preguntava. A la nit, puntualment, poc abans de sopar, tornava. Diries que feliç. Potser, pensàvem aleshores, es trobava amb una minyona que tenia festa els dimecres a la vesprada. Un secret que la seua timidesa guardava amb zel. Més tard, Tomàs i nosaltres dos ho vam descobrir.

9

1967 fou l'any que disposàrem de la nostra vida amb absoluta llibertat. Un incident del professor de gimnàstica amb mi i del meu germà amb ell decidí la nostra expulsió del col·legi. Els jesuïtes tenien una vil·la a la població de Burjassot, un casalot magnífic amb un camp de futbol de gespa acurada. Allà es jugaven les finals del campionat de futbol entre els equips del col·legi, l'única activitat lúdica que ens interessava, descartades, d'entrada, les reflexions espirituals. Pepín jugava de defensa central, jo de migcampista ofensiu. De resultes de la competència entre un equip i l'altre, el partit, empatat a dos gols a deu o dotze minuts de la fi, es dirimia entre empentes i alguns redolons malintencionats. A una banda, la selecció urbana; a l'altra, el combinat comarcal. Explosiu.

Jo tenia un cert maneig de la pilota. Res d'extraordinari si es considera que no feia altra cosa. El fet cert és que la defensa rival em sotmetia a un marcatge llefiscós. A despit d'això havia marcat un gol, havia donat l'altre i havia estat objecte d'un penal claríssim que l'àrbitre no va assenyalar. Feia calor, el partit estava calent i quasi cap dels jugadors podíem afrontar amb bones condicions físiques la pròrroga que s'albirava. De sobte vaig rebre una pilota en un lloc immillorable, solament havia de fintar el defensa i encarar barraca. El vaig driblar i així que anava directe a la porteria em va travar les cames des de terra. No em féu cap mal, però em molestà moltíssim perdre la possibilitat de marcar el gol definitiu. Li ho vaig dir tot d'una: «fill de puta!». El nyicris, un paio amb les cames ben peludes, es posà a plorar. Es va produir un gran enrenou entre uns i altres que va augmentar tan aviat com l'àrbitre em va expulsar. Anant cap als vestidors, don Lorenzo, el professor de gimnàstica, va saltar la tanca que separava les grades del terreny de joc i em va girar la cara d'una esplèndida bufetada. Un fil de sang em va relliscar del llavi de dalt a baix i jo li vaig dirigir una mirada desafiadora. Les agressions físiques als alumnes eren tan poc habituals com el meu exabrupte, catalogat de pecat mortal al col·legi però d'ús corrent al meu poble. De qualsevol manera l'incident potser no hauria eixit de la vil·la, però el meu germà, que sobrepassava un pam l'alçada del professor, el va agafar del coll de la camisa i només la intervenció de jugadors i espectadors va impedir que l'estovara. En pocs minuts havien tingut lloc dues faltes greus.

El partit se suspengué i retornàrem de seguida al col·legi, la resta d'alumnes a les classes i nosaltres dos directament al despatx del rector, que ja en tenia notícia. A l'avantsala del despatx esperàrem que vinguera l'avi, però en el seu lloc es presentà Tomàs.

—Le he hecho venir para comunicarle que sus sobrinos están expulsados del colegio, por falta grave.

Tomàs volgué assabentar-se dels fets, supose que per curiositat. Per raons que no calia escatir, el rector explicà la segona part obviant l'agressió de don Lorenzo. Nosaltres no intentàrem defensar-nos; estàvem d'allò més satisfets que ens expulsaren, per fi.

El rector, sorprès que Tomàs fóra incapaç de retraure'ns el nostre comportament, esbatanà els ulls amb estupor i insoluble indignació.

—Estos chicos les causarán muchos problemas —digué quan ja marxàvem—. Llevan un camino opuesto, no quieren estudiar.

Vaig témer que de seguida pronunciaria la frase consigna del col·legi: «pueden pero no quieren», una excusa que els evitava reconèixer el fracàs del sistema educatiu. Però no, oferí una alternativa:

—Podemos matricularlos en nuestro colegio profesional. Allí les enseñarán un oficio.

—Ja els ensenyaré jo un ofici —contestà Tomàs, en valencià, segurament per irritar-lo.

—Quizá ellos tengan otra opinión. ¿Qué decís?

Només cinc paraules: «que et donen pel sac!», vaig dir-me interiorment.

—Bueno, es una lástima —féu el rector davant el nostre silenci—. Porque capacitados están. Falta que quieran.

Com que a pesar de l'oferta hi havia demanda, el padre rector no estava amoïnat perquè abandonàrem el col·legi. Ens n'anàrem amb la sensació d'haver-nos escapat d'un lloc absurd i profundament inútil. Pressentíem que no trobaríem a faltar res, tret, és clar, del tramvia de les cinc i mitja. Adéu, doncs, a les misses, als interminables rosaris pels negrets del Domund, als santets i a les santetes (anys més tard Pepín em va confessar que s'excitava contemplant estampetes de santes verges i màrtirs); adéu a l'última intolerància que encara ens tenallava. Ara érem lliures, totalment.

Aquella vesprada Tomàs ens dugué a Santa Caterina, un local al davant del qual hi ha una església amb el mateix nom, que serveix la millor xocolata de la ciutat. Tomàs estava pensarós. «¿Que potser està trist per la nostra expulsió?», ens preguntàvem el meu germà i jo amb la mirada. Però, havent escurat el solatge de la xocolata, digué:

—Treballareu amb mi, in situ.

No fou in situ, fou a l'endemà. Tomàs confonia aquesta expressió amb «immediatament». Però ara érem a l'època de l'«in situ», d'aquesta manera havia demanat les tres tasses de xocolata a la cambrera, que no se'n va estranyar convençuda que a Santa Caterina disposaven de tota mena de marques de xocolata.

Sembla que Tomàs tenia plans per a nosaltres.

—S'heu fet uns homenets —digué acaronant el bescoll de Pepín—. ¿Ja heu debutat?

Vam fer un somriure encobridor: encara no havíem cardat per primera vegada. Només teníem quinze i setze anys, respectivament. Va dir que això ho arreglaria ell «in situ». Hi posà data: diumenge a la nit. Faltaven tres dies, que Tomàs aprofitaria per ensenyar-nos el que ell en deia l'ofici, sense especificar quin. Guanyaríem diners, comissions de les seues comissions.

—Sereu útils —va subratllar l'adjectiu.

De manera que un home ho ha de ser amb totes les conseqüències i ell no concebia homes sense desflorar. Diumenge a la nit era el dia.

Aplegàrem a casa a boqueta nit. L'avi i l'oncle Ramonet ens esperaven amb els entrepans embolicats amb paper d'estrassa. Era dijous, sessió de cinema. Ramonet ens féu un acolliment solidari, besant-nos les galtes, com si aquell dia ens creguera més necessitats d'afecte. Mentre ens aviàvem cap al cinema, Tomàs va explicar a l'avi la conversa amb el rector.

—A estos dos els han tirat.

—¿Per què? —demanà l'avi.

—Pepín li ha palpat la cara a un mestre.

—¿I el xiquet?

—El xiquet ha dit una paraula grossa.

—¿Quina?

—«Fill de puta» —aclarí el meu germà, somrient.

—Homeeee...! Això està lleig —comentà l'avi—. Ramonet, ¿quina fan hui?

—Una de vaqueros, pare.

Asseguts a les files de darrere, Ramonet ens repartí el sopar: truita de creïlles, mitja ceba i una cervesa El Turia. Vam sopar amb rapidesa a fi de no perdre detall de la pel·lícula, no recorde quina. Tomàs es va fregar les mans amb fruïció exclamant la frase que quasi sempre deia arrepapat a la butaca d'un cine: «açò és Hollywood!». El senyor Paco, l'acomodador, apagà els llums i la musiqueta tradicional del NO-DO envaí la sala. El reportatge que encetava el documental mostrava un bisbe beneint una màquina de tren nova de trinca; bon punt l'home acabà la cerimònia religiosa, l'artefacte de RENFE es posà en marxa amb les autoritats i el bisbe a dalt. Aleshores Tomàs taral·lejà en veu alta:

—Se va el caimán, se va el caimán...

Tothom esclafí a riure. Fins i tot l'avi no pogué evitar-ho.

—Lo teu no té remei, Tomàs —féu el senyor Paco, amb resignació, però realment emprenyat.

10

El cine era per a nosaltres un precepte obligatori, el primer i únic manament religiós del dijous a la nit. També hi anàvem dissabtes i diumenges, per bé que aquests dies l'avi i Ramonet no venien, mentre que Tomàs optava voluntàriament d'acord amb els seus compromisos. El dijous era el dia més llarg. Tot seguit que acabava la projecció nocturna, l'avi es retirava acompanyat de Ramonet. La seua salut es feia progressivament més fràgil i l'oncle procurava no separar-se'n. Tanmateix, Tomàs i nosaltres continuàvem la vetlada al casino, centre social situat al mateix edifici que el cinema.

Al voltant d'una taula on s'aplegaven deu o quinze joves, Tomàs s'erigia en centre de la reunió. Eren suficients un parell de whiskies Dyc perquè augmentara la loquacitat, que sovint tombava entorn de les pel·lícules vistes, com una mena de cine-fòrum singular. Aquella nit, però, l'avi ens va convocar al pati de casa, sota el porxo. Era menester parlar de dos afers que requerien previsió d'urgència. D'una banda, l'avi ens va preguntar si preferíem continuar els estudis, qüestió que Tomàs va ventilar alliçonant la família sobre la inutilitat dels llibres i la imprrorrogable tasca de fer-se útils treballant. Ramonet callava, com sempre; i com sempre l'avi atorgava. Comptat i debatut, les nostres carteres ja reposaven a la cambra amanides per rebre el polsim del record. Si havíem assolit fins al cinquè curs del batxillerat, dos cursos més no ens afermarien el futur. D'acord.

Passàrem, doncs, al segon punt del dia: les finances familiars reivindicaven una injecció econòmica. Ramonet a males penes podia ocupar-se de la terra i els ingressos de l'agricultura minvaven, la pensió de l'avi era baixa i Tomàs... bé, tothom sabia que Tomàs, solter militant, tenia moltes despeses. D'acord, haurem de vendre. La relació de béns patrimonials abraçava tres camps d'horta que sumaven si fa no fa unes deu fanecades, la casa de l'avi (mig intocable), catorze fanecades de marjal al terme de Sollana i el Mil cinc-cents de Tomàs.

—El necessite per a treballar, impressiona els clients.

Tomàs va suggerir vendre la terra de marjal, l'arròs rendia poc i a més la finca era lluny del poble. Hi havia un problema, la cotització d'aquesta terra era baixíssima i a la casa li urgia una bona reforma: a l'avi li resultava molt costós pujar cada nit l'escala que menava a la cambra, necessitava una habitació a la planta baixa (amb paret mitgera, conseqüentment, per a Ramonet), i una altra habitació per a mi:

—Els xiquets ja són fadrins i cada un ha de tindre el seu dormitori —féu l'avi.

Una decisió encertada, per tal com ni Pepín ni jo ens podíem masturbar amb tranquil·litat. Tomàs, en canvi, es quedaria a la cambra.

—Evitarem un gasto —digué, però es tractava, en realitat, de tenir pis propi. A la, així descrita, reforma arquitectònica, s'hi afegia l'anhel de proporcionar paper, segons expressió feliç de Tomàs, a la llibreta d'estalvi. ¿Què vendrem?

—La terra de marjal i un tros de pati —proposà Tomàs.

—Un tros xicotet —advertí l'avi—. El pati revaloritza la casa.

—Sobren pams quadrats, ¿no, Ramonet?

Ramonet assentia amb un somriure tímid, ell era el que netejava. En efecte, el pati era més gran que la mateixa casa, però a nosaltres ens agradava perquè allí jugàvem amb els gats (Manolo, el xai, havia mort. Ens el menjàrem amb un gran disgust). Potser no caldria vendre res ja que Pepín i jo començaríem a treballar a l'endemà.

—Dos jornals més —vaig dir.

—No n'hi haurà prou —respongué l'avi.

I tenia raó. La nostra entrada al mercat laboral no incrementaria extraordinàriament els ingressos familiars atès que Tomàs delegaria diligència professional en nosaltres, tal com als pocs dies vam comprovar. Bé, doncs, un tros de pati i la terra d'arròs. D'acord. Aleshores l'avi se'n va anar a dormir del braç de Ramonet, que l'ajudava a pujar a la cambra. Des del porxo, en el silenci de la nit, sentíem com panteixava descansant en el replà del mig de l'escala.

—Pare, este estiu hauríem d'anar a la serra —digué l'oncle Ramonet preocupat per la mala salut cada vegada més evident de l'avi.

Alguns dijous a la nit acudia a casa Tono el Banderillero, potser l'únic amic íntim de Tomàs al poble, propietari de l'establiment Bollos y Panquemaos el Banderillero, d'infausta memòria per a la parròquia addicta. Amb bigoti de pèl rogenc barrejat amb canes, celles poblades, una cara en definitiva afaiçonada en un museu de cera, d'alçada normal i amplària abusiva, el Banderillero militava en el comunisme oient però constant enderiat a sintonitzar la Pirenaica amb la nostra ràdio, un aparell d'aspecte potent però del tot ineficaç. No recorde que ho haguera aconseguit mai. En qualsevol cas, com que clapava de dia, feia petar la xarrada fins a altes hores de la matinada. Tomàs i el Banderillero patien una lleu paranoia política. Se sentien perseguits pel règim pel fet, al·legaven, que havien servit la república, avinentesa indefectiblement certa ja que València fou la darrera capital que caigué a les mans de Franco. Tot l'afany que posaren a favor de la república consistí a comprar cada setmana la revista satírica *La Traca*, impulsiva publicació anticlerical. De tant en tant es barallaven perquè Tomàs, amb indicis molt esquemàtics sobre política, confessava el seu fervor a la CNT, declaració programàtica que exasperava el Banderillero, admirador de la figura en aquella època emblemàtica de Stalin. Formaven un duet d'opereta i eren francament divertits, sobretot quan Tono rememorava les eixides amb la quadrilla del torero el Gallo, tot i que ningú mai no va donar fe que l'hagueren vist en una plaça de bous. Adoptava llavors un posat nostàlgic i entràvem en la fase més luxuriosa de la tertúlia, perquè dels bous, un tema que no ens mantenia desperts, botava a la rebotiga de l'assumpte: com i de quina manera la quadrilla organitzava orgies amb les putes més cares de cada ciutat on torejava el «maestro».

—¿Estos ja han debutat? —preguntà de sobte el Banderillero a Tomàs.

—Diumenge a la nit.

I a l'acte mamprengué a donar-nos consells pràctics de comportament sexual. Va relatar un menú eròtic que abastava un seguit de numerets excitants com ara el grec, el seixanta-nou, el setanta-u, el telèfon, el gosset, el missioner i d'altres. No content a simular les postures més que no calia, perquè ens quedara ben imprès a la memòria, ens ho va anotar en un paper com aquell que envia la minyona a la botiga amb la llista escrita de la compra. El Banderillero era un tipus extraordinàriament faceciós i per força havia de congeniar amb Tomàs.

—Però la cosa més important —rematà amb pompa la lliçó inaugural— és no anar-se'n ràpid.

Ejaculació precoç, era l'handicap que temia el Banderillero. I contra això va traure un remei lasciu del barret: xuplar dos o tres grans de cafè mentre cardàvem.

—Ja m'ho contareu —féu el Banderillero consultant el seu rellotge abans d'alçar-se de la cadira. A les tres o a les quatre se n'anava al forn.

Si en aquest país existeix una tradició oral antiquíssima és la de passar hores de tertúlia parlant de sexe, invertit i de l'altre.

Ho practiquen homes, dones, xiquets i municipals sense graduació. No és, ni de lluny, un tema deliberat sinó que aflora amb escatològica naturalitat, un costum que ni l'aferrissada moral feixista va aniquilar. L'única protesta popular contra el règim que recorde s'esdevingué a causa de la decisió del capellà del poble de suspendre l'actuació de la vedette Rosita Amores al variétés que cada any se celebrava en les festes. L'església hagué de claudicar no sense que abans la guàrdia civil calmara, a colps de culata, els ànims del veïnat, que, al crit de «volem vore pèl», s'esvalotà contra les forces de l'ordre. Tot, al capdavall, forma part de la memòria col·lectiva; potser per això recorde, sense vacil·lacions, el dia que vam «debutar»: el dotze de maig de mil nou-cents seixanta-set, diumenge a la nit, al barri xino de la ciutat de València.

Anàrem a dormir i dormírem poc. Frisàvem perquè sonara el despertador a les vuit del matí, l'hora en què ens reuniríem amb l'oncle Tomàs per anar a treballar. Ja era divendres i només quedaven dos dies per al diumenge. Impossible dormir. Ja dormirem quan el cos siga incapaç d'afuar el desig. Aleshores farem servir el recurs ancestral de la tradició oral. I en parlarem. De sexe.

11

Feia un quart d'hora que Pepín, Ramonet i jo conversàvem mentre ens desdejunàvem cafè amb llet i galetes. Eren les vuit del matí. Tomàs encara no havia baixat. A conseqüència d'una crisi asmàtica seguida de vòmits, l'avi havia passat una mala nit; ara dormia mig incorporat sobre uns coixins. Ramonet l'acompanyaria al metge a la vesprada i tractaria de convèncer-lo d'anar tots dos a la serra, a les poblacions estiuenques de l'interior. «Està molt malalt, crec que no tardarà a morirse», vaig pensar en veu alta, i Ramonet va posar una cara tristíssima. Es va alçar de la taula amb les tasses i els coberts per escurar-los a la pica. Vam fer menció d'ajudar-lo, però s'hi va oposar.

—El tio Tomàs és una bona persona —va dir sense girar-se cap a nosaltres—. A pesar de lo que diuen d'ell és un bon home. És veritat que és una miqueta informal i li agrada molt la broma, però té cor. —S'assenyalà el pit esquerre.— Siga lo que u siga en la vida, si té cor és persona. No importa les coses que faça ni com pense. L'avi diu que Tomàs s'ha equivocat molt, però sempre ho ha fet amb el cor, no amb el cap. Vol dir que no té mala intenció. Ell és així. És com un xiquet. ¿M'enteneu?

—Sí —vam contestar malgrat que no compreníem per què de sobte ens diu tot això.

—Escolteu lo que escolteu d'ell, no vos deixeu influir. La gent parla massa, és lo mal que tenen els pobles.

Quan algú se n'ix de la regla, el critiquen. Ell no ha fet mal a ningú, només vol viure la seua vida.

—Ramonet, ¿com era el nostre pare? —preguntà Pepín.

L'oncle va deixar d'escurar i es va girar de cara a nosaltres. Féu un breu silenci, com si volguera recórrer a la resposta adequada.

—Bé... Ell era distint, tenia unes altres mires en la vida.

—¿Tenia cor, el pare? —vaig preguntar.

—Sí, clar que en tenia. Però estava malalt, i quan la persona no té salut li falta alegria, té un altre caràcter.

—Però ell i Tomàs no s'entenien —insistí Pepín.

—Discutien molt, però quan calia tirar-se una mà, s'ajudaven. Eren germans!

Si per a Ramonet era enredat que les persones no es comprengueren, li resultava inexplicable que no hi haguera una bona entesa entre germans. Per la meua banda, em trobava tan feliç que no recordava haver tingut pares. De qualsevol manera, a ca l'avi es procurava no parlar del tema. Quan estàs satisfet no necessites els records, i ara, en aquells moments, les portes d'una vida plenament lliure romanien obertes de bat a bat. Potser el fet que dos adolescents estaven a punt d'ingressar al món dels adults induí Ramonet a prevenir-nos de les distorsions de la moral dominant.

Tomàs baixà de la cambra tal com en ell era habitual: alegre i faceciós. Tot i que no patia d'insomni, no dormia gaire. Aquell dia, a més, estava particularment content. Va saludar la tropa (així anomenava la família) i es dirigí al pati buscant el lavabo exterior, una mena de wàter primitiu en què el sanejament tradicional era substituït per un forat i dos relleus en forma de sabata;

en lloc de paper higiènic hi havia fulls de premsa amb la reproducció gràfica d'algun bisbe o militar que anava claveguera avall. Mentre es dutxava, Ramonet li preparava la roba interior, la camisa i uns pantalons blau fosc. Tomàs era presumit. S'excedia amb la colònia (Lavanda Puig, si mal no ho recorde) i abusava dels mocadors nugats al coll, per dins la camisa, amb una gamma que abraçava totes les varietats de colors, sovint combinats amb americanes sense relació de continuïtat amb la resta de la vestimenta.

Així que es dutxà, activitat que duia a terme al lavabo interior, isqué de nou al pati i comptà unes passes per decidir quant de tros vendria al veïnat. Multiplicà mentalment els metres pel preu i els diners resultants li aconsellaren posar a la venda cinquanta metres quadrats. A la fi venia molt per sota del preu d'eixida, però era la seua tàctica: exagerar la petició per tal que es reduïra el mínim possible. L'oncle sabia que al veïnat li calia un tros de pati per revaloritzar-se la casa, al marge de gaudir d'uns metres imprescindibles per emmagatzemar les collites o les eines agrícoles. Succeïa, a més, que tothom posava en dubte que la totalitat del pati, de la manera tan estranya com estava afegit a la casa, fóra nostre des del principi. Sospitaven d'una operació il·legal de l'anterior propietari al qual l'avi comprà la casa. Comptat i debatut, el fet cert és que a l'escriptura notarial figuraven tots els metres. No obstant això, l'avi preferia deixar de guanyar uns diners abans de tindre una mala relació amb un veïnat susceptible, d'altra banda, amb la nostra forma de viure.

Fet l'amidament oportú, Tomàs s'assegué a la taula i Ramonet li serví un cafè batejadet, és a dir, un cafè ben carregat del raig de conyac més popular de l'època: Soberano. L'aparició de Tomàs provocava el semblant feliç de Ramonet. La seua forma de comportar-se i de dir les coses imbuïa d'optimisme l'ambient. Amb ell no hi havia problemes. Sempre mirava el costat positiu de les coses no sé si per inconsciència, per ingenuïtat manifesta o bé per filosofia pròpia.

De manera que es begué tot d'una el rebentat, agafà una carpeta de la qual desconeixíem el contingut i, a continuació, des de la porta, digué a Ramonet que avisara el veïnat de la imminent venda d'un tros de pati.

Marxàrem cap la zona portuària, ja que Tomàs representava un magatzem de queviures a la zona est de la ciutat. Si més no, sabíem en què treballava. L'empresa s'anomenava SOVAL, tenia la residència a Cullera i una delegació comercial a València. Abans de visitar els clients passàrem pel bar El Boquerón, situat en una boca de carrer al final de l'avinguda del Port. Allí ens esperava Carraca, soci circumstancial de Tomàs que coneixíem perquè quasi cada setmana es deixava caure per ca l'avi. Carraca tenia una cara realment còmica, amb un nas unflat i tort, els ulls enfonsats, begut de galtes, cames arcades i curtes i una alçada inclinada cap al costat dret. Semblava dissenyat per donar el condol. Un paio, d'altra banda divertit, que professava un profund agraïment per Tomàs. Era un gran venedor, virtut, segons ell, que havia après del mestre, tal com li agradava anomenar el nostre oncle. Si Carraca haguera nascut a Los Angeles, hauria estat un excel·lent secundari de Boris Karloff. Xarrava pels colzes i el seu vocabulari estava trufat de metàfores autòctones, de manera que cada moviment que feia remetia a un personatge de sainet.

Carraca esperava a la barra del bar fent-se una cassalla. El Boquerón era lloc d'estada i encontre habitual; un local conduït per Flora, coneguda com a «Valenciana de Cementos» en atenció als pits, enormes i d'aspecte rocós, per bé que tocava els cinquanta anys. Des del primer moment li va agradar molt Pepín, no li llevava l'ull de damunt. A El Boquerón esmorzàvem, sovint dinàvem i alguna vegada sopàvem. Prop del port, el bar gaudia de l'avantatge de tindre peix i marisc fresc a preus de subhasta de llotja. No era un local gran però posseïa una mena de reservat per a la parròquia usual com ara Tomàs, Carraca i tants d'altres que aviat coneixeríem.

Tomàs i Carraca es repartiren les visites comercials del dia i convingueren a continuar l'oferta del mes, uns transistors de contraban adquirits al port gràcies a les influències de Carraca. Per optar a l'oferta, el client havia de comprar alguns dels productes representats que, per l'elevat preu, eren els que menys eixida tenien. Generalment eren articles d'embotit (Revilla, un esplèndid xoriço com tothom sap) o llandes de conserva subordinades a una forta competència. L'empresa era aliena al premi. No en sabia res i tant li feia si al cap de la setmana el seus agents presentaven un bon nombre de comandes. Si molt convenia, l'oferta podia tractar-se d'una fabulosa nevera d'excursió o un rellotge suís amb minuter i corda per a deu o dotze dies, però, això sí, no era aquàtic.

Quedàrem per a vore'ns a l'hora de dinar. Carraca se n'anà al poblat de Natzaret i nosaltres férem la zona de l'avinguda del Port. Cada producte tenia una comissió diferent. L'arròs, el sucre i la llet de pot a penes ens deixava percentatge, pel minso marge de beneficis que li quedava a l'empresa. El primer dia de treball vam guanyar mil set-centes pessetes de comissió. Treballàrem de valent fins a la una del migdia, hora en què Tomàs, després del recompte previ del jornal acumulat, ordenà cessar l'activitat. L'oncle era partidari de no subjugar el cos a l'esclavitud dels guanys. Recorde que aquell dia van tindre molt d'èxit els «Berberechos El Puente, lujo para su mesa», copinya en conserva que abans de servir l'havies de garbellar per llevar-li l'arena. Tres llandes, una tireta de números per al sorteig d'un extraordinari transistor de marca estrangera. Paraula de Tomàs.

L'oncle fruïa d'un gran predicament entre la clientela. Queia bé a tothom, perquè tots el consideraven de la família. Usava una retòrica sense embuts, però tenia, al mateix temps, una frase aguda si un pot de llet eixia agre.

—En este país hi ha molt mala llet.

Immediatament regalava una tireta de números encara que el client no havia comprat cap dels productes amb opció al sorteig. De vegades el premi no tocava a ningú i llavors Tomàs obsequiava el transistor, la nevera o el rellotge a un botiguer humil, o bé ho venia i es repartia els diners amb Carraca.

La representació comercial de queviures proporcionava bons dividends a Tomàs i a Carraca, que no obstant això, havien de recórrer a la delegació d'altres productes per arredonir uns ingressos que gastaven a dojo. Els mobles auxiliars i les begudes alcohòliques completaven el ventall d'articles d'una jornada laboral que excepcionalment continuava a la vesprada. Per norma general, a la una o a tot estirar a les dues del migdia ens reuníem amb Carraca a El Boquerón. Llavors ens instal·làvem al reservat del bar i repassàvem els albarans per celebrar, si feia al cas, les comissions guanyades. Pepín i jo volíem treballar també de vesprada, però des del principi Tomàs imposà la seua filosofia resumida en la frase treballar per a viure abans que viure per a treballar.

Les vesprades eren tota una altra cosa. La colla que acudia a dinar era francament singular. La taula del reservat d'El Boquerón congregava tipus com el Fino, Matxo-lladre, Berruga, Manetes, Brillantina i altres de freqüència més esporàdica els malnoms dels quals no recorde. Individus de mala vida, tal com l'època els classificava; paios, en definitiva, que pel semblant diries que tenien una existència prou més feliç que els esforçats ciutadans del desenrotllisme industrial. Entre aquella gent la decència era un costum anacrònic i, tanmateix, l'ambient respirava un aire de seguretat familiar.

La figura del Fino sobreeixia per damunt de la resta. Gitano elegant i ben plantat, el Fino vivia de les dones. Era alt, prim, amb tres o quatre anells a les mans i una pinta a la cartera que feia servir amb insistència per tal d'ordenar-se els cabells. Sempre de tratge, tant a l'estiu com a l'hivern, era un consumat ballarí de flamenc, rumba, mambo, cha-cha-cha o qualsevol dels ritmes musicals en voga. «Tot un cavaller», en expressió de Tomàs, que no vacil·lava a separar el gra del bon macarra de la palla dels abusius. Teníem l'exemple a tocar: el Fino va muntar El Boquerón quan Flora decidí plegar de l'ofici.

Així que veies la cara de Brillantina, de seguida t'adonaves que havia estat boxador: la tenia feta a banderes. El palmarès de Brillantina constava de dues versions: una, la d'ell, assegurava haver estat campió d'Espanya d'aficionats, pes mitjà; l'altra, la popular, corria la brama que, d'un centenar llarg de combats, no n'havia guanyat cap. La veritat, però, és que el cervell li funcionava poc. Ara entrenava futures promeses en un gimnàs humit sense aigua calenta a les dutxes. En canvi, Manetes es negava a ensenyar ningú sense una prova preliminar. D'ell deien que era el millor carterista de València. Matxo-lladre, que cobejava l'esperança de formar part de l'empresa individual de Manetes, de cap de les maneres podia superar l'examen, que es limitava a robar-li la cartera a un maniquí vestit i amb campanetes repartides estratègicament. Hi posava voluntat, però li repicaven totes.

Algunes vegades, Manetes contractava Matxo-lladre de ganxo al tramvia. Guardaven cua, de forma que el «client» es quedara al mig dels dos. A l'hora de pujar al tramvia, Matxo-lladre s'aturava als escalons que donen accés a la plataforma del vehicle simulant alguna dificultat, d'aquesta manera la víctima parava esment als problemes de l'home de davant sense percebre la faena que feia, mentrestant, el de darrere. Manetes i Matxo-lladre no venien sovint per El Boquerón: passaven temporades a la Modelo o bé es desplaçaven, sobretot a l'estiu, a Benidorm o a Marbella.

Pel que fa a Berruga, l'home anava a El Boquerón com aquell que troba l'última farmàcia de guàrdia. Un plat de calent és potser l'única cosa que no se li pot negar a una persona i tant Tomàs, com Carraca o algú dels altres el tenien sempre de convidat. Berruga era un ser entranyable víctima d'un caràcter ingenu i bonàs. Xicotet i moreno, no tenia cap familiar però mai no li faltà res per endur-se a la boca. Tocava l'acordió i cantava, fatal però cantava. Era pur lament. De salut delicada, va morir a l'Hospital Clínic, gratis, a canvi de cedir el cadàver a la ciència. No m'imagine les conclusions que podien traure d'aquell pobre cos.

Per El Boquerón hi passava molta gent, però els de confiança eren bàsicament aquests. Gairebé sempre dinàvem tots plegats, cobert a bon preu i primera matèria acceptable. El més interessant, però, era la sobretaula. El Fino, Carraca, Tomàs i un o dos clients més que s'hi afegien sovint encetaven una partida de pòquer o de copo, joc aquest darrer conegut com el fill de puta. I a fe que ho era, de fill de puta! En una jugada, Tomàs va perdre nou mil pessetes. Era un joc senzill però arriscat. Havies de superar, amb una de les tres cartes que et donaven, la que destapava el que repartia, i podies apostar tot o part dels diners agarberats al mig de la taula. Algunes setmanes el jornal depenia si fa no fa de la sort amb les cartes. Bé, de les cartes i de la quantitat de whisky que Tomàs consumia durant les partides que, malgrat ser-ne el representant comercial a la zona, no tenia la precaució de separar-se unes botelles per a consum propi. En això era molt deixat. Mai no li va passar pel cap dur unes llandes de conserva a casa, o arròs o sucre o algun dels productes que representava per bé que els podíem aconseguir a un preu més baix. El seu lema «en comptes d'estalviar s'ha de guanyar més» ensopegava amb la seua filosofia «treballar només per a viure».

Aquell divendres, el primer dia de treball, fou, doncs, una jornada ben particular, que tindria una segona part arribats a les nou del vespre, hora en què Tomàs i Carraca, entaulats des de les quatre en una partida de pòquer, resolgueren arredonir les comissions amb un tomb per les barres americanes de la zona portuària. Als clubs d'alterne els veníem whisky, J.B. o Johnny Walker, que eren saludablement aigualits pels amos o les madames dels locals abans de canviar-los el tap de rosca per un altre que tothom pensava insubstituïble.

València tenia una infraestructura excel·lent de barres americanes o night-clubs (popularment puticlubs). Tret dels barris d'alta extracció social, s'escampaven pertot arreu. En aquest aspecte la ciutadania estava ben atesa i, tanmateix, trobar una farmàcia era de vegades un problema. El fet que érem a l'època de les transformacions econòmiques estructurals aporta llum a aquest fenomen indiscutiblement social. Hi havia treball, i si bé els obrers estaven mal pagats, tenien accés a les hores laborals extraordinàries, afegitó salarial que es destinava a l'oci. Els caps de setmana la gent s'arrenglerava en les barres americanes. La majoria venien de les comarques centrals i amb freqüència els veies pagar amb diners del sobre setmanal.

Per a nosaltres, els clubs d'alterne representaven l'extra del salari. Si tenies magatzem (teníem El Boquerón), podies comprar whisky de contraban al port. També tabac, però Tomàs preferia no interferir en el terreny d'altres. Els guanys provenien d'invertir en moltes caixes, ja que el preu de la botella era una mena de subhasta que es reduïa segons la quantitat comprada. La guàrdia civil del port perseguia relativament el contraban. Ignore si aquesta negligència tenia alguna relació amb el suborn, però certament la mensualitat de la Benemèrita no era alta. De qualsevol manera, per a entrar i eixir del port podies fer-ho per molts llocs. Carraca era l'encarregat de compres i mai no sabérem amb qui negociava. L'important és que l'empresa navegava en el superàvit.

12

Les visites comercials als clubs d'alterne s'allargaven cosa de no dir si el client comprava. S'havia de fer el «rendevú», que deia Tomàs amb aquell vocabulari calamitós que emprava. Abans que Pepín i jo entràrem per primera vegada a un club, ens advertí del perill comercial d'aquests garitos.

—Caixa venuda, caixa cobrada. I el piu se'l deixeu fora.

Explicació curta però absolutament clara. La temptació de canviar caixes per servicis era constant. Sovint insinuaven pagar-te amb una disbauxa sexual en els reservats del local. La qualitat sensual d'algunes dones pagava la pena l'intercanvi. De fet, Carraca hi posava les mans fins als colzes: picava en tots els locals. D'ací que Tomàs dividira en dues parts els guanys, perquè el soci es deixava els marges comercials en l'entrecuix de les empleades.

Era presa fàcil, Carraca. Anava com una fona al reservat així que li fregaven lleument la bragueta. En altres ocasions n'hi havia prou que una prostituta li mostrara una llenguassa viscosa des de l'extrem de la barra per a sucumbir a la temptació vençut per un desig irrefrenable, com una teràpia que obrava en ell un efecte prodigiós.

I en efecte, retornava amb una pau física envejable mentre Tomàs li descomptava, de les comissions, una caixa de Johnny Walker. Carraca era un degustador de sexe tot i que el seu paladar era qüestionable. Però hi posava imaginació: cercava sensacions de plaer aspirant l'olor dels tamborets de tela on havien estat assegudes una llarga estona les dones. Pepín i jo rèiem amb aquella facècia, però passats els anys nosaltres dos flairàvem, a l'estiu, els efluvis del cony que restaven als sellons dels vespinos de les nenes.

El Caballo Blanco fou el nostre primer club, comercialment entès. Sense les observacions preliminars de Tomàs, de gust hauríem debutat allí mateix. Això nostre es feia inajornable, si no insuportable, pel fet que teníem cita diumenge a la nit i encara faltaven dos dies. Però Tomàs no era partidari dels clubs d'alterne; el seu classicisme l'impulsà a triar el barri xino com a camp d'iniciació sexual. En el fons temia l'exemple de Carraca i, a més, en absolut es refiava dels amos dels clubs, ja que contínuament canviaven de local o de ciutat. És per això que no marxàvem de la barra fins que no cobràvem.

Calia aparentar que no teníem pressa. Així doncs preníem una copa (Pepin i jo anís dolç) i esperàvem, si s'esqueia, que Carraca ajustara via vaginal les seues comissions. L'amo del Caballo Blanco era Nicasio, un individu alt, molt atlètic, atractiu i amb una imbecil·litat que no li cabia en el cos. Els patrons de clubs d'alterne, pel fet de ser empresaris, es creien amb més categoria que els xuloputes del carrer i eren, de bon tros, molt més impresentables. La nostra relació amb ells no anava més enllà de vendre'ls una o dues caixes i, sobretot, cobrar-les. Els fatxendes més oprobiosos te'ls trobaves allà. S'estaven a la barra, xarrant i bevent amb les dones amb una actitud de domini exclusiu. Al cap i a la fi gentola de got i ganivet, que deia Tomàs. I és que en aquella mena de caus a la vora del port, probablement perquè acollien personal de diversa procedència i poc contrastat, sovint s'originaven baralles per no res. El recurs a la paraula a penes tenia sentit, ja que amb freqüència els contrincants no compartien la mateixa nacionalitat i llavors s'establia la universal dialèctica del puny i la navalla. Però Tomàs, que procurava i ens advertia de no barrejar-nos en la batussa, no eixia del local sense haver cobrat. El comerç etílic ens permetia, amb els diners frescos, part de la vida nocturna.

A la ratlla de les deu de la nit d'aquell divendres de maig, Tomàs va ordenar l'alto en l'activitat laboral:

—Diuen que treballar dignifica, però treballar molt és de pobres.

Bé que s'iniciava a partir d'aquella hora una etapa de contacte amb el lleure que Tomàs no volia ajornar. Ara viuríem al seu ritme, una dinàmica a l'horitzó de la qual semblava que la fi del món es produiria d'un moment a l'altre. Hi va haver un temps que la vida nocturna tenia a València una dimensió popular. La gent ocupava els carrers, les cafeteries o els nombrosos espectacles que s'oferien com si, despertats de sobte d'una angoixa, sentiren la necessitat imperiosa d'abandonar les cases.

Havent acabat una jornada laboral extraordinàriament llarga per desig de Tomàs, a fi que el meu germà i jo aprenguérem amb rapidesa el negoci, ens traslladàrem al centre de la ciutat, a Los Toneles, un bar que servia l'especialitat que més agradava a l'oncle: calamars a la romana i un enorme «tanque» de cervesa. Amb prou feines el local sobrepassava els trenta metres quadrats, però els cambrers no donaven coll a la demanda d'uns parroquians desficiosos per tindre entre les mans el desitjat entrepà i dirigir-se, a mos redó, a la plaça de bous, a l'altra banda del carrer Xàtiva, on els divendres es celebraven vetlades de lluitadors de catch. A València, el catch i la boxa gaudien de l'atenció d'un públic fervorós. Lluitadors autòctons com els germans Pizarro, Xato Pastor, Montoro, Blasco, Marqués i Tarrés (Cabeza de Hierro) o forasters de la talla del Santo o Túpac Amaru (El indio de los dedos magnéticos) han sigut la llegenda d'aquest fenomenal espectacle que atreia les masses.

Recorde els tramvies a gom d'aficionats arribant a la plaça de bous. Famílies senceres acudien al «coso» amb la felicitat reflectida al rostre. El formigueig de públic gambant al voltant de la plaça de bous en els moments que precedien la gran vetlada de catch, amb els venedors ambulants de tabac enlairant farias i caliquenyos, els que venien a plena veu mesuretes de cacau i tramussos, uns altres que, amb una nevera portàtil penjada del coll, oferien cervesa El Turia i gasosa La Esmeralda ben fresca (si tenies sort de comprar-la abans que el gel es diluïra en l'aigua), tota aquella gent marcava el pols d'una ciutat cridanera, potser intencionadament distreta a un futur en l'abisme de la inquietud, però feliç. Et barrejaves allà i notaves que el batec de la vida era allí mateix, entre un públic ardorós, com si s'haguera anunciat un succés de magnitud inabastable. I, de vegades, així era: ni més ni menys que Montoro contra un Túpac Amaru de mal plec («Me ha electrocutado», va manifestar Montoro a la premsa acabat el combat).

—Túpac Amaru —afirmava Tomàs— té corrent elèctric en els dits.

¿I per què no? En uns temps en què la memòria col·lectiva estava immobilitzada per un malson que venia d'anys, calia creure en el poder magnètic de Túpac Amaru o en l'enigmàtica cara del Santo. Jo era feliç entre aquella gent que creia que el Santo tenia una cara diferent i per això lluitava encaputxat. Quan un dels germans Pizarro paralitzava amb una clau el cos del Santo i l'altre, mirant la grada, intentava traure-li la caputxa tot buscant l'aprovació dels aficionats, jo era dels qui s'hi oposaven bo i cridant a pulmó ple que no li la llevara. ¿I si la cara del Santo no era com jo me la imaginava? En el fons temia que s'assemblara a l'actor francès Fernandel. Per sort mai no aconseguírem vore-li el rostre; tan bon punt un dels Pizarro o qualsevol altre lluitador iniciava, no sense un suspens premeditat, l'alçament de la caputxa, el Santo, encoratjat pel públic, treia forces des de vés a saber quin remot múscul de l'organisme i eixia victoriós del parany.

—Tongo, tongo! —cridava aleshores un sector del públic mentre els altres aplaudíem l'habilitat de l'encobert.

Els espectadors vivíem intensament un espectacle en què tot era possible. Bona part del públic polemitzava, perquè se sentia enganyat o per l'inevitable enfrontament entre el que feia de bo i el que adoptava el paper de dolent en el ring.

La presentació de Túpac Amaru a València va deixar molta gent fora de la plaça de bous. Venia precedit, com ho anunciaven aleshores, de fama inusitada i fins i tot Tomàs, que adquirí el costum de regalar cigars als porters a fi d'entrar de franc, hagué de comprar tres bitllets de fila de ring per no perdre's el combat del segle. Duia un transistor d'aquells que sortejava entre els botiguers i així que Túpac Amaru va passar per on érem nosaltres, engegà l'aparell per comprovar si l'electricitat del lluitador interferia Radio Nacional de España. Jo sempre vaig sospitar que Túpac Amaru anava escàs de voltatge, però l'espectacle del catch exigia, com les pel·lícules, creure't l'argument. Pel que fa al transistor de Tomàs, la veritat és que no va funcionar a partir d'aquella nit; ara bé, jo pels transistors de l'oncle mai no hauria posat la mà al foc.

Però això no revestia la menor importància. El més atractiu era que la nit —tota la nit— estava al nostre abast, per bé que el meu germà i jo no dormírem la nit anterior ansiosos pel nou tomb que al dia següent prendrien les nostres vides. Acabada la vetlada de catch, la gent romania als carrers o a les nombroses cafeteries del voltant de la plaça de bous. Llavors s'esdevenia un altre procés nocturn. De nit, la son no baixava a les parpelles de Tomàs.

—Ara ens farem una copeta.

I aleshores ens adreçàvem al bar Russafa, local freqüentat per les vedettes (artistes, en deia Tomàs) i còmics del teatre del mateix nom. Tomàs coneixia Rosita Amores, la vedette valenciana més popular de l'època, i sovint vam anar a vore-la actuar. Entràvem per la porta que comunicava el bar amb el teatre, atès que Pepín i jo teníem prohibit l'accés per la censura a causa de la nostra edat. La censura era implacable amb les vedettes i, entre elles, Rosita Amores era de les més perseguides. Els seus pits, monumentals, tenien tendència a desbordar-se tot i la cura que hi posava entaforant-los en uns sostenidors de talla inferior a la que li pertocava.

Un dia, amb el Russafa ple de personal, Rosita va eixir amb la roba permesa però ajustada. Generalment, si la censura era present, al teatre s'encenia un llum roig en el camerino de les vedettes. El llum estava apagat i el públic tenia ganes de gresca. Amb tot, Rosita encarà el repte amb la intenció de calmar els ànims amb alguna cançó asèptica. Isqué a l'escenari, va mirar el mestre de l'orquestrina i s'aclarí la gargamella per cantar «Mi ovejita lucera» acompanyada pels espectadors:

Me gusta como canta mi ovejita
(Públic): Beeeee...
Y como le contesta el corderito
(Públic): Beeeee...

Però el bestiar frisava per vore pèl, i Rosita, a contracor però primmirada amb el seu públic (no debades hi havia una forta competència entre les vedettes), va calfar l'auditori espolsant-se a tort i a dret la pitrera i oferint la millor peça del seu mostrari: «El Bichito». «Cuando uno se rasca/ es porque le pica/ alguna pulguita...» De cop i volta el xivarri augmentà de to en el teatre. Impulsada per l'actitud del públic, Rosita va accelerar els sotracs fins que un dels pits s'alliberà de la pressió dels sostenidors i va quedar a la vista de tothom. Dempeus, l'auditori li dedicà una tronadora ovació i crits d'«artista, artista». Ella va seguir cantant, impassible, com si no passara res i, tanmateix, tots els decrets sobre la moral i els bons costums publicats pel franquisme quedaren esventrats en aquell escenari. El que féu Rosita —i ho féu a propòsit— fou d'un valor enorme i és per això que vull palesar-ho ací, atès que desconfie dels llibres d'història. L'oposició al franquisme i el sexe eren les dues prohibicions des d'on s'erigia l'ordre restablit, i Rosita deixà coix per uns instants el feixisme d'una sensacional revolada.

Jo no sé què hauria passat si, amb l'estendard d'un provocatiu pit en l'aire, Rosita haguera atiat el foc de les masses, en permanent perill d'incendiar-se. El fet cert, no obstant, és que hagué de pagar cinc mil pessetes de multa «por desacato a la moral» (un afer així era inevitable que arribara a oïda de la censura, amb seu a la plaça de la Reina).

—Ja veus —protestà Tomàs—: pagar cinc mil pessetes per un moment impagable.

Però llavors la solidaritat d'un públic agraït, encapçalat per Tono el Banderillero, recollí els diners per tal que poguera actuar de nou.

—¿Què puc fer jo si no puc controlar els pits que m'ha donat la naturalesa? —diuen que va dir l'Amores als capellans de la censura. Però si la responsabilitat tenia un origen diví, la sanció subsidiària era estrictament terrenal.

La penúltima copa la preníem al Russafa, i, d'allí, a les cafeteries més cèntriques de l'avinguda de l'Oest, les del carrer Pelai o les de la plaça de l'Ajuntament, tant feia; anares on anares, la ciutat era un bull de gent asseguda a les terrasses dels bars o a qualsevol lloc. L'oci disposava d'un bon entramat. Que se m'entenga: a València hi havia més putes que cantonades (entre altres raons perquè les cantonades, si eren modernistes, tenien els dies comptats), malgrat les croades morals dels sectors socials més rancis de la ciutat. Les que treballaven fora del barri xino vestien sense cridar l'atenció, però eren com aquells llauradors que arribaven a València vestits de punt en onze, imitant els senyorets tot i que la cara rarament ho suggeria. Pepín i jo les observàvem des de la terrassa de l'Ateneu, lloc on Tomàs es trobava a última hora amb el Fino, és a dir, l'hora en què el Fino, després de recaptar per les cantonades, duia la cartera farcida de bitllets.

Durant molts anys vaig admirar el Fino: trobava formidable que es poguera viure de les dones. Uns altres pagaven per un plaer que ell no sols assolia gratis sinó que, a més, en cobrava un percentatge. Dissimuladament em fixava en cadascun dels seus moviments buscant el secret del seu èxit. Observava les gesticulacions que feia, com agafava el got, què bevia (prenia el cafè amb ametles dins la tasseta, signe inequívoc, segons Tomàs, que era un gitano amb classe), com parlava i, sobretot, com vestia. Ell s'adonava que el mirava i em somreia amb una certa connivència. Llavors cridava una dona asseguda en algun lloc de la terrassa i de seguida ella anava al seu costat mentre el Fino em picava l'ullet, com volent-me dir «¿veus?, totes són meues. Absolutament totes». Les dones que jo posseïa només eren producte de la meua imaginació, en l'habitació i en el silenci de la nit, tot just quan Pepín començava a dormir. M'ho feia amb la mà esquerra: durava més, molt poc. Però aviat seria diumenge.

13

A trenc d'alba, asseguts en un banc de la plaça del poble, Tomàs consumia l'últim cigarret en silenci mentre Pepín i jo manteníem la mirada debatent-se en l'estat de pau que precedeix el son. A l'oncle li agradava reposar durant un breu interval de temps a la plaça abans d'anar a dormir. Ho feien gairebé tots els noctàmbuls que venien de València. En aquesta treva embolcallada per la brisa ens aplegàvem de vegades vuit o deu persones i aleshores la pausa s'allargava fins que, amb les primeres clarors, l'esguard maliciós dels ciutadans més matiners ens indicava que aquest territori del dia ja no ens pertanyia. Potser eren les cinc o les sis de la matinada, no ho sé, perquè un s'oblida del degoteig de les hores quan cap d'elles marca el límit d'un horari.

Entràvem a casa i Ramonet ens acollia amb un somriure ablanit, com aquell que retroba una presència que ha tardat massa a produir-se i, tanmateix, no fa la impressió d'esperar. El saludàvem amb un «bon dia» rogallós i ens arrepapàvem en les cadires de la cuina, tot aguardant que, amb acurada previsió, ens servira cafè amb llet i unes poques galetes. No permetia que ens gitàrem amb l'estómac buit.

—Déu sap quan s'alçareu —deia sense cap símptoma de censura en les paraules.

Ignore si vetlava la nostra absència o és que tenia el costum d'alçar-se amb les primeres llums del dia. El fet cert és que el vam trobar al mateix lloc que l'havíem deixat ja no recordava quan. Després, nosaltres pujàvem a les habitacions de la cambra mentre ell agranava el carrer o ordenava la casa.

A mitjan matí dels dissabtes, Carraca venia a despertar Tomàs. Havien d'anar a Cullera, poble on l'empresa SOVAL tenia el magatzem principal. La presència de Tomàs es feia imprescindible, ja que Carraca no figurava com a representant i no podia cobrar les comissions setmanals. El salari depenia dels percentatges de les vendes efectuades i ells eren els responsables dels impagats, que cada trimestre l'empresa els descomptava de les corresponents comissions. Calia, doncs, vigilar la carpeta de morosos, però Tomàs era una mica inconstant per a cobrar si la reticència del client l'obligava a un esforç suplementari. «Tota pedra fa paret», solia dir Tomàs a un Carraca partidari de vendre menys però amb més seguretat.

Pepín i jo baixàrem de les habitacions vora les dues de la vesprada i trobàrem Carraca i Tomàs bevent unes cerveses sota el porxo del pati, amb l'avi, mentre Ramonet cuinava un allipebre a llenya i els gats es menjaven les deixalles de les anguiles.

—Ja tenim l'empresa al complet —féu Tomàs, i de seguida va traure dos sobres que ens va lliurar—: La paga.

Cada sobre contenia mil pessetes en bitllets de cent. Mentre els comptava em vaig sentir enormement orgullós. El primer salari és com la primera dona: la falta de costum et fa creure que és un obsequi excessiu, però passat el temps t'adones que no en tens prou. De qualsevol manera, l'oncle ens havia pagat amb escreix el treball realitzat. Comptat i debatut només havíem treballat un dia. Tinc la certesa que, en el fons, les mil pessetes eren la benvinguda que ens donava Tomàs al món dels «útils». Nosaltres no sabíem en quina butxaca guardar-nos el sobre, com si tinguérem un tresor que de tan valuós no troba l'amagatall adequat. Al final decidírem deixar cinc-centes pessetes en la caixeta de fusta, gest que l'avi va agrair pel que tenia de solidari amb els altres membres de la família. Després, per tal que poguérem dur els diners com calia, Carraca ens va regalar dues carteres que havia comprat venint de Cullera. Encara la conserve: és de cuir sintètic i en la contraportada hi va impresa la imatge plastificada d'una dona amb banyador estirada sobre una roca vora la mar.

Els dissabtes Carraca dinava a casa. La seua manera de comportar-se no permetia la sospita sobre un passat amb l'aire d'un llibre amb alguns capítols lamentables. Cambrer fou el primer ofici que tingué, en un poble de l'Horta Nord on havia nascut. Tothom creia que era fadrí; de fet l'aspecte feia pensar en el celibat irreductible, però anys enrere cregué ser la nineta dels ulls d'una dona que, segons ens va contar Tomàs un dia —i temps després vaig comprovar-ho—, era, si més no, prou més atractiva que els mèrits de Carraca podien suposar. Tenia, doncs, tot el que podia ambicionar: un treball i una dona. O a l'inrevés, perquè en aquest cas l'ordre dels factors a penes alterava la negligència d'un objectiu l'avenir del qual no controlava. Carraca hauria estat un home com qualsevol altre si, en paraules de Tomàs, no haguera posat una rabosa en la gerència d'un galliner. Sembla —continue el relat de l'oncle— que la dona estava entestada en la idea que mereixia molt més que una vida avesada a la rutina. La veritat és que Carraca no podia oferir res d'excitant. De manera que un dia, havent treballat, va tornar a casa i en comptes de la dona va trobar una nota, concisa però clara, en què l'advertia que si volia sopar s'obrira una llanda de conserva perquè ella, la seua dona, s'escapava amb el barber del poble. Estava escrit.

Com sol passar amb els banyuts, Carraca fou l'últim a assabentar-se'n; no de la fugida, per bé que, incrèdul, rellegí la nota un centenar de vegades, sinó de les relacions extramatrimonials que de feia temps mantenien tots dos. Carraca mai no va ser un home d'aquells que en diuen desperts, però de sobte s'adonà de per què els clients, al bar, li demanaven «un cafè» estirant la vocal de l'article, imitant el so gutural dels bous de lídia.

Abandonat per la dona, el més greu era enfrontar-se amb una societat orgullosament masculina que no confiava al temps el recurs de l'oblit. Un món de valors estúpids li caigué llavors damunt: seria per sempre un banyut i, ara que ho sabia, se li feia insuportable la idea de viure amb aquest estigma. Va passar hores desconcertat davant del dilema d'encarar la situació i les seues conseqüències socials o marxar a un altre lloc i començar una nova vida, just quan la creia dreçada. Amb el pensament subjugat al desordre, potser no era el moment idoni per a traure'n l'aigua clara: no hi ha res més vulnerable que un home sotmès al dubte d'una decisió irrevocable.

Abans, doncs, que la llum del matí assenyalara la presència d'un honor qüestionat va optar per abandonarho tot i fugir del poble en direcció a València, a buscar si més no un refugi que l'emparara de l'escarni. Amb el bagatge d'una maleta feta a corre-cuita i unes quantes preguntes per a les quals no tenia cap resposta, Carraca va voltar sense rumb per la ciutat; dormia a les nits en pensions i caminava sense esma de dia fins que, sense diners, i amb la companyia inseparable de la solitud, es va deturar en el punt sense retorn en què es queden els que pretenen escapar-se d'ells mateixos. Tomàs se'l va trobar en la barra d'El Boquerón, a primera hora del matí, amb la mirada perduda i el cap cot mentre Flora el recriminava.

—¿Algun problema? —preguntà Tomàs.

—S'ha menjat dos plats d'esgarraet i barra i mitja de pa, s'ha pres un cafè amb llet i una copa de conyac i no vol pagar-ho.

—No puc pagar-ho —contestà Carraca sense alçar la vista.

—¿Tens fam? —li preguntà Tomàs.

—¿I la copa de conyac? —inquirí Flora.

—Tenia fred —digué Carraca—. Quan tinga diners vindré a pagar-li-ho.

—Això diuen tots, però...

—Ja està bé, Flora. Apunta-ho al meu compte. I posa un parell de copes més.

Flora serví els conyacs i se n'anà a la cuina a preparar els esmorzars. Llavors l'oncle li oferí un cigarret a Carraca.

—¿Què has fet? —Tomàs pensava que Carraca fugia de la policia.

—No he fet res. M'he quedat sense faena.

—¿I no tens casa?

—No.

—No tens pinta de lladre. ¿Què et passa?

—Estic cansat, no sé què fer, no sé on anar.

—¿No tens família?

—No.

—¿On treballaves?

—En un bar.

—¿I per què et van tirar?

—Me n'aní jo.

Carraca es begué tot d'una la copa i Tomàs entrà a l'interior de la barra i li'n serví una altra.

L'escalfor del conyac, potser perquè la generositat de Tomàs l'obligava a dir alguna cosa més o bé perquè després d'uns dies, abatut per la desolació, sentia la necessitat de parlar, el cas és que Carraca s'abocà a les confidències.

Les històries de marits enganyats que fugien eren prou freqüents en aquella època. Tomàs coneixia alguns casos i aconsellà Carraca que tornara al poble, ja que segurament la dona estaria a casa.

—Són promptes de la gent. Després s'ho pensen millor i tornen. El temps ho cura tot.

—Jo no tornaré, per res del món entraria de nou en eixe poble. Me n'aniré a on siga, però no tornaré.

—Al carrer fa fred.

—Trobaré faena.

—A banda de servir en els bars, ¿què saps fer?

—Treballar.

—T'hauràs d'afaitar.

—Fa dos dies que dorc al ras.

—¿No portes res?

—He venut la maleta i la poca roba que duia.

—Au, vinga, estàs fet una calamitat.

Tomàs va portar Carraca a casa i va explicar el problema a l'avi i a Ramonet, que es mostraren d'acord a donar-li el temps que necessitara fins que poguera pagar-se el lloguer d'un pis a València. Eixe mateix dia, l'oncle va anar al poble de Carraca a dur-li la roba que s'hi havia deixat. Quan eixia, una veïna li va preguntar qui era i què feia allí. Aclarit el malentès, la dona volgué saber on vivia Micalet (el nom de Carraca era Miquel Garrigues), però Tomàs es negà a dir-li-ho. Llavors, la veïna li digué que la dona era a casa dels pares, que potser hauria d'anar a comunicar-li què se n'havia fet, del marit.

Va dubtar, però finalment decidí presentar-se a casa dels sogres i aleshores conegué Teresa, la dona de Carraca. Li va dir que estava bé, però que Miquel no tornaria mai. «Més val que no vinga», féu el sogre, perquè la seua presència augmentaria la vergonya que sentia per la filla, a la qual considerava «una puta». Aquell home creia ser el més desgraciat del món i només l'edat li havia impedit anar-se'n també del poble. Li va pregar que diguera a Micalet que sentia el mal que li havia causat la seua filla. Tot això digué mentre, en silenci, a Teresa li regalimaven les llàgrimes per la cara. Tomàs no sabia què respondre: no comprenia que un error humà poguera desencadenar tot aquell drama i dissoldre les vides en una turbulència irreparable. No estava preparat per a la tragèdia. Probablement el barber tampoc, perquè havia reprès la normalitat quotidiana en una barberia amb clients desitjosos de conèixer els detalls més morbosos de l'afer de boca del protagonista. Mentre li tallaven els cabells, l'oncle va pensar que Carraca feia bé de no tornar a un poble on cada mirada li recordaria la condició d'humiliat.

Tomàs ens va contar aquesta història molts anys després que tingué lloc, a propòsit d'un comentari de Pepín sobre les facècies de Carraca. No volia l'oncle que, a causa de l'aspecte grotesc del soci, li perdérem el respecte ara que el pas del temps, l'anonimat i l'oblit havien cicatritzat la ferida. La rauxa de Carraca potser venia motivada per l'ànsia d'evitar furgar-se en el passat, com si, amb el cansament de l'excés, buscara viure en pau amb ell mateix. Però de vegades jo també pensava en Teresa i me la imaginava arraulida vora la finestra, la mirada lànguida en la desesperança d'un futur amarrada com estava a un error sense prescripció de culpabilitat.

14

Per molt que intentes esborrar un capítol de la teua vida, sempre queden indicis de les planes viscudes; més encara si forces un destí que pensaves inalterable. Carraca no sols tingué en Tomàs la mà solidària en el moment que calia, sinó també l'entorn familiar que necessitava. A ca l'avi se'l veia tan feliç que sovint també els dissabtes es quedava a sopar malgrat que Tomàs, a mitjan vesprada, se n'anava de festa a València. Rebia l'estima d'un membre més de la família i participava en les explicacions de Ramonet sobre la malaltia de l'avi o en les negociacions per a vendre un tros de pati si l'afer coincidia amb la seua presència a casa.

Només dinar, l'oncle Ramonet va insistir-li molt a l'avi que es retirara a descansar. L'asma li impedia dormir d'una tirada a les nits i el seu rostre, algunes vegades moradenc, irradiava signes de fatiga. Nosaltres sabíem que aquella insistència no era sinó un senyal que la salut de l'avi empitjorava. El dia anterior l'havia acompanyat al metge i potser tenia males notícies, però va esperar que estiguera a la cambra per tal de parlar-ne.

—El pare no va bé —digué Ramonet a Tomàs, i ho digué amb una veu en què em va semblar notar una certa culpa, com si la mala salut de l'avi fóra en part desídia d'ell—. Només li funciona part d'un pulmó. S'hauria d'operar.

—L'operarem —resolgué Tomàs.

—És una operació molt cara. Diu el metge que hauria d'anar a Madrid. Allà n'hi ha un doctor, don Pedro Zarco, que és un bon especialista i, encara que no el curara del tot, li allargaria la vida.

—Traurem els diners d'on siga. ¿Has parlat amb els veïns?

—Sí. El de la punta està interessat en cent metres de pati —Ramonet començà a alçar taula—. Si no s'opera prompte morirà: vuit, nou o deu mesos: possiblement un any. Però el metge no creu que dure més.

—Descansa, Ramonet: operarem el pare.

—Tomàs...

—¿Què?

—El pare no vol operar-se.

—¿Per què?

—Li pareix que no paga la pena. Se li fa costera amunt tot el rebombori del viatge i estar-se en l'hospital. Diu que gastar tants diners i patir tantes molèsties no li compensarà els dies de més que podria viure.

—¿Què val l'operació?

—No en tindrem prou si només venem cent metres.

—Vendrem tot el pati.

—Saps que el pare no ho consentiria per res del món.

—Vendrem la terra d'horta i la de marjal. No és molt però traurem suficient per...

—Tomàs, el pare no vol operar-se. M'ha dit que no et contara res de la visita al metge, però t'ho he contat per si eres capaç de convèncer-lo.

—Parlaré amb ell.

—No el convenceràs.

No el convenceria. M'entristia que es parlara d'aquest tema. Aleshores jo no podia comprendre que el meu avi, una persona que estimava, es resistira a la possibilitat de viure un poc més. Jo hauria donat fins i tot una part de la meua vida perquè poguera estar més temps entre nosaltres. Potser era massa jove per a entendre que des de feia anys l'avi s'havia abandonat al decurs de les coses. L'obstinació a desprendre's dels records; de no parlar de l'àvia, morta al cap de pocs anys de casar-se, dels anys duríssims de la guerra i la postguerra, de mon pare, de ma mare... Tot aquell esforç per no mirar enrere no era, crec jo, l'afany d'un home que intentava sobreposar-se a una memòria personal trista. Hi havia alguna cosa en ell que l'incitava a la renúncia passiva, a contindre el dolor quan el dolor és la nostàlgia, al silenci de l'espera.

—No el convenceràs —insistí Ramonet.

No el va convèncer. Dies després de la conversa, l'oncle Tomàs va parlar amb l'avi per fer-li vore la necessitat de traslladar-se a Madrid. Havíem venut cent metres de pati i la terra de marjal, per fi (l'arròs tan sols ens comportava pèrdues i maldecaps per a Ramonet). Ara de nou teníem diners, i ajornaríem les obres previstes per a reformar la casa. L'avi no havia estat mai a Madrid; mai no havia anat a cap banda i li resultava penosíssima la idea d'un viatge tan llarg, sotmetre's a les incomoditats d'una operació la finalitat de la qual era allargar-li la vida, no se sabia quant de temps. Tomàs li va dir que el desig de tots nosaltres era que fera aquell viatge. Ell i Ramonet l'acompanyarien. Però l'avi li va pregar que no insistira, que si havia de viure poc o molt que el deixaren viure com ell volia i que tothom fera una vida normal, ja que el molestava que estiguérem pendents d'ell. Tomàs va decidir no insistir-hi més i, com que era dijous, va proposar a l'avi d'anar al cine. Hi vam anar i ens asseguérem a les últimes files, com fèiem sempre. I com sempre Ramonet va preparar els entrepans de truita amb creïlles, una ceba crua i quintos de cervesa El Turia per a beure. De retorn a casa, de nou Tomàs intentà convèncer-lo però aquesta vegada l'avi, amb la cara ombrejada pel cansament, agafant amb un gest persuasiu el braç de l'oncle, digué: «Tomàs, em quedaré ací». I allí es va quedar, sota el porxo, embolicant-se un ideales mentre nosaltres restàvem en silenci, cosa que li desagradava. Impulsat potser per això, va dir que li vindria de gust anar a la serra, aquest estiu, allà l'aire era més saludable.

A l'agost, l'avi i Ramonet marxaren a la serra per passar-hi tot el mes, però sols hi estigueren dues setmanes. S'hi estava bé, allà, però l'avi trobava a faltar els seus hàbits i aviat se'n va cansar. Vingué amb la sensació d'una llarga absència i, malgrat que la calor humida d'ací no li anava bé, se sentia feliç en el seu racó de sempre. Em sembla que temia morir lluny de casa; ho supose perquè unes poques setmanes després la salut li féu un tomb radical. La cara va adoptar una forma més unflada i aquell color colrat pel sol es barrejava amb matisos moradencs. Muntàrem el seu llit a la planta baixa per evitar-li l'esforç de pujar a la cambra. Va deixar de fumar i sovint es quedava reclinat en el llit i no s'alçava en tot el dia. El metge de capçalera va dir que l'havíem d'hospitalitzar, ja que a casa no li podríem dispensar l'assistència que li calia. Però l'avi, que en cap instant perdé la consciència, va dir a Tomàs que no se l'endugueren i llavors el metge resolgué portar una botella gran d'oxigen amb una careta per tal de facilitar-li la respiració, pesada i lenta.

Durant tres dies estigué enganxat a l'oxigen; tres dies bona part dels quals Ramonet no es separà del capçal, tocant-li el front per comprovar la temperatura, incorporant-lo quan es quedava en posició horitzontal o bé agafant-li la mà per tal que notara la presència familiar. L'avi obria els ulls i aquella mirada no sabria com explicar-la, perquè aleshores ja era un home d'ulls apagats.

La gent venia a vore'l però Tomàs els rebia a la porta i des d'allí els informava. Llavors tingué lloc un incident amb el capellà del poble, un jove que havia substituït don Mariano. S'hi presentà a donar-li l'extremunció i Tomàs va contestar que a la casa només hi entrava el metge i la família. La resposta li degué semblar al capellà d'una insolència inimaginable: s'emprenyà molt. En aquella època, l'església catòlica tenia drets sobre els moribunds, tots els morts havien de ser d'ella perquè era ella la que tenia les claus del paradís, l'altra vida. Hi hagué una discussió entre Tomàs i el capellà que clogué aquest últim amb l'amenaça que si l'avi no rebia l'extremunció no moriria en gràcia de Déu, de manera que no se li podria fer una cerimònia religiosa ni enterrar-lo en la part del cementeri on descansaven els catòlics.

L'incident es va escampar de seguida pel poble i la gent en va parlar. Els amics de Tomàs, especialment Tono el Banderillero i Carraca, van vindre a fer-nos costat. Eren allí a la porta de casa, amb l'oncle, quan l'alcalde i un regidor vingueren a dialogar amb Tomàs a fi de persuadir-lo. Malgrat que la conversa es produí aquesta vegada en termes amistosos, Tomàs va ser inflexible perquè creia interpretar la voluntat de son pare. L'alcalde es va acomiadar bo i dient que, per bé que ho lamentava, hauria de prendre mesures, sense especificar quines.

L'avi va morir a les tres de la vesprada del mateix dia i, segons la normativa, havien d'enterrar-lo vint-i-quatre hores després. Mentre era de cos present s'aplegaren fins a la casa nombroses persones que no coneixíem, al marge d'alguns veïns del poble, no gaires perquè la majoria, influïts pel capellà, estaven indignats per l'actitud de Tomàs. Dues hores abans de l'enterrament vingueren dos guàrdies civils i el caporal, que ens advertí que tenia ordres de dissoldre la gent congregada. Tret de la família, ningú no acompanyaria el soterrar fins al cementeri. Tomàs no va dir res, però el Banderillero va protestar i aleshores el caporal va estar a punt de detindre'l, ja que segons el guàrdia ell en tenia tota la culpa per avisar la gent que ara s'arrombollava al carrer. Tota aquella gent eren dels pobles del voltant, antics militants antifeixistes o bé persones que no combregaven amb les idees del règim, que el Banderillero havia convocat en senyal de solidaritat amb el seu amic Tomàs. El caporal ens va dir que li resultava dolorós haver d'actuar en un moment així, però que per damunt de tot compliria les ordres rebudes. Tomàs va pregar al Banderillero i a Carraca que digueren a la gent que se n'anaren i que ho feren ells també, que estava trist i cansat i volíem enterrar l'avi en pau. Tono i Carraca ens van fondre amb una abraçada molt emotiva amb l'oncle abans d'abandonar la casa i ens van dir que no estàvem sols.

A les cinc en punt de la vesprada va eixir el taüt en el cotxe de la funerària. Tomàs ens va dir que acompanyàrem l'avi amb la cara ben alta, que era la manera de demostrar-los que no aconseguirien humiliar-nos. Férem el trajecte a peu, prop del cotxe, amb el semblant seriós, dreçats, però, per damunt del dolor. A uns cent metres, darrere nostre, els tres membres de la guàrdia civil vigilaven que ningú s'afegira al seguici. Hi hagué veïns del poble que esperaven a la porta de casa el pas del taüt i els que portaven barret se'l llevaren per manifestar un respecte silenciós per l'avi; fins i tot alguns, desafiant les ordres, van donar la mà a Tomàs i a Ramonet en senyal de condol; altres ens miraven encuriosits per la finestra. Quan vam arribar al cementeri, un funcionari de l'ajuntament, a peu d'entrada, ens indicà on seria enterrat l'avi, un fossar a banda on hi havia molt poques làpides, lluny de l'àvia, que era on l'avi volia descansar. De res valgué que Ramonet i Tomàs exigiren el dret a enterrar els seus pares junts. Tant l'església com l'ajuntament havien acordat que l'enterraren en el lloc destinat als no catòlics. Tot allò no tenia sentit i era un càstig desproporcionat, digué Tomàs tan nerviós que va sacsejar el funcionari agafant-lo de les solapes de la jaqueta, i el caporal ens advertí que un incident més i no ens deixaria entrar al cementeri. Ramonet va preguntar el perquè de tot allò, que al cap i a la fi son pare només era un cadàver, un home que —afegí Tomàs altiu— en vida havia sigut una persona tolerant i lliure, però si en alguna cosa no estava preparat el caporal era per entendre el mínim de llibertat i respecte que els oncles exigien: la paranoia feixista perseguia fins i tot els morts.

—Mon pare no mereixia això —repetia Ramonet amb els ulls entelats de pena, poc després que el caporal ordenara als paletes que procediren a l'enterrament del difunt sense més dilació i en el lloc indicat per les autoritats.

—Fills de puta, fills de puta... —va murmurar Tomàs entre llàgrimes, abatut per la ràbia quan les últimes paletades dels obrers tancaven definitivament el nínxol de l'avi.

15

El gra de cafè, l'ardit amb el qual Tono el Banderillero assegurava que ens prolongaria el plaer en la nostra primera incursió en el sexe, va resultar un remei de conseqüències còmiques. A mesura que es va venint del sud cap a la plaça més cèntrica de la ciutat, a mà esquerra, en un punt prop del centre, es troba el barri xino de València. És una illa d'edificis de carrers estrets i humits, tot de bars amb dones plens d'homes vinguts, la majoria, de les comarques del voltant. Des de la perifèria, anar a València sovint era una expressió que lligava amb el xino. La gent entenia la ciutat com una zona indemne als costums morals que dominaven als pobles. València era, doncs, l'altre punt cardinal i el barri xino una referència d'impunitat personal, com si tots els que penetraren en aquell territori adquiriren de sobte l'incògnit més absolut. Les febleses humanes o, millor, dels homes, eren vistes amb tanta franquesa que no estranyava la presència de ningú tot i que es tractara, i de vegades així succeïa, d'un pare de família exemplar induït per l'instint ocasional. «A la cosa del vici acudix tutti quanti», resumia Tomàs, coneixedor sens dubte de les urgències prioritàries del cos.

Però els diumenges a la nit era diferent: l'aglomeració de visitants disminuïa al barri, probablement per l'absència de la clientela habitual dels pobles. Tomàs ens va ensenyar a estimar els diumenges, un dia abominable perquè precedeix l'inici laboral de la setmana. Els diumenges gairebé tothom es retirava al vespre i llavors la ciutat —la ciutat prohibida— quedava en les teues mans. El fet que Tomàs escollira el diumenge com a dia del nostre debut fou per evitar, segons ell, el numeret de la xapa, una xicoteta placa metàl·lica amb un número que donaven al client per tal que esperara el torn, generalment consumint una beguda alcohòlica en la barra del bar, fins que una dona, des de la porta, exclamava alçant la veu per damunt la cridòria: «el veintiséis, el veintisiete y el veintiocho». Per sort, aquest costum tan indiscret va quedar abolit aquell mateix any.

El diumenge no hi havia xapa. Era tan poca la gent que circulava pel barri que algunes prostitutes practicaven amb el punt de ganxet o llegien diaris endarrerits. Passejaves tranquil·lament pels carrers sense haver de saludar ningú, una cortesia que incomoda en aquests indrets. Però a despit de la demanda hi havia oferta: malgrat el dia tenies dones per a triar. Tomàs, que visqué la república, afirmava sense embuts que, dels servicis públics, el de les putes era el que millor funcionava en qualsevol administració.

La nostra naturalesa de joves impacients i actius observava amb goig creixent el panorama de sexe públic. Quan érem escolars dels jesuïtes, més d'una vegada li vaig proposar a Pepín visitar el xino, a l'eixida de classe. Però estava tan enjogassat amb les nenes del tramvia que no l'atreia la idea d'entrar al barri. A mi, que sempre he estimat el voyeurisme passiu tant com el sexe actiu, l'escenografia del xino m'incitava a la contemplació detallada de tot el que s'esdevenia en aquella petita ciutat al marge, però no marginada si considerem el nombre de visitants que rebia. Tota aquesta ànsia morbosa de mirar, que ja l'havia experimentada en somnis, m'acunçava el desig de posar la mà entre les cames obertes d'aquelles dones assegudes en els tamborets d'una barra. Tomàs va planificar la nit amb una visita prèvia pels carrers del barri, com el calfament que fan els jugadors de futbol abans d'un partit important. No hi havia cap tàctica premeditada —tret del fabulós remei de Tono el Banderillero—; no obstant això, Tomàs creia que una aclimatació a l'ambient potser ens atenuaria l'avidesa sexual, però com més ens allargava l'encontre més insistent esdevenia. Teníem francament ganes de posar el punt final a la nostra virginitat, de comprovar les sensacions que en el somni trobàvem més estimulants. Feia tres dies que no pensàvem en res més que no fóra en el moment que ens ratificaria en una inqüestionable masculinitat. A la fi, després d'una volta completa pels carrerons del barri, pujàrem al primer pis d'un edifici i Tomàs va preguntar per la senyora de la casa, una dona d'edat que no calia observar massa per descobrir-li un passat trontollós.

Tots dos es van saludar amb una certa gratitud, com si els unira una amistat antiquíssima. De seguida, l'oncle li va anunciar l'objecte de la visita:

—Anem a vore si desbravem les criatures.

—¿No són molt jóvens?

—Són els meus nebots. —I afegí amb connivència:— Han guanyat el primer jornal, ¿sap?

—Ah! —féu la dona, com si haguera trobat el requisit indispensable—. Si són bons per a treballar...

—Si és lo que jo dic sempre: d'esta vida només t'enduràs la propina del vici.

Tomàs ens va picar l'ullet mentre seguíem la dona cap al fons del pis, fins a una saleta d'estar amb unes quantes senyoretes que vam sorprendre acabant de sopar. L'oncle ens va preguntar quines ens agradaven; Pepín i jo ens vam mirar somrient-nos amb timidesa i vam assenyalar les dues primeres més prop de la porta, perquè tant ens donava unes o altres atès que la urgència més que estètica era patètica. Traguérem les dues-centes pessetes convingudes de la cartera, però l'oncle es va avançar i estenent el braç cap a nosaltres ens va impedir pagar:

—La propina és cosa del tio.

A partir d'ací, paraula que faig un esforç de memòria per recordar l'aspecte físic de la dona que havia escollit —o que em va tocar, ja que Pepín va agafar del braç la primera que va eixir. Ignore si era o no atractiva i ni tan sols sé quin vestit duia perquè jo desitjava vore-la nua i, a més a més, anant cap a l'habitació només em fixava en el moviment sinuós del seu cul.

Sí que recorde, en canvi, que el cor em bategava amb força i a la boca la saliva se'm feia espessa i abundant. Dins l'estança, la llum vermella d'una làmpara de peu, la pica, un bidet i aquella fragància de vernís d'ungles t'envoltava tot plegat en una atmosfera obscena. Se la veia desganada, a ella, i amb una desídia d'habitud professional em féu algunes preguntes com ara el nom, d'on venia i si era la primera vegada. Vaig obviar les dues primeres per desmentir sense vacil·lar la tercera, i quan ella va començar a desvestir-se jo ho vaig fer amb més rapidesa i em vaig estirar al llit amb els tres grans de cafè tancats en la mà. Llavors ella em féu alçar i amb un sabó líquid em va rentar el penis. Allí, de puntetes davant la pica, vaig tocar els seus pits, potser flàccids o bé tibants però en qualsevol cas ardents, i vaig aprofitar la intimitat per demanar-li, amb el respecte de l'inexpert, que em mostrara la vulva. Aleshores, ajaguda amb les cames obertes en el llit, vaig observar amb impagable curiositat el que jo imaginava, fins a aquell moment, un tresor remot i inaccessible. Després, vaig entrar dins d'ella i ella va tombar el cap i amb una fredor insolent va començar a menjar-se una poma que havia deixat a la tauleta de nit, alhora que jo bregava per evitar l'ejaculació precoç mastegant els granets de cafè. L'experiència discorria més o menys bé fins que ella féu un crit i es va separar de mi:

—¡Coño, qué te pasa en la boca!

La saliva acafetada m'havia ennegrit els llavis i la llengua, i vaig haver d'explicar-li la finalitat dels granets.

—¡Joder, qué susto me has dado! Va, muévete, que no tengo toda la noche para ti.

Llavors vaig reprendre el sotrac volenterós mentre ella, entre mos i mos a la poma, mussitava que la tornava boja de plaer.

16

Les argúcies de Tomàs per defensar el patrimoni familiar eren una mica ingènues: ordenava a Ramonet que escampara la brama que volíem vendre i quan tenia el comprador davant simulava no tindre pressa per tancar el tracte. Aquesta estratègia prenia algunes voltes un to surrealista, per tal com Tomàs pretenia fer creure que ignorava el fet que algú de la família volguera vendre. Adoptava el paper del qui es nega a desprendre's de la propietat i atorgava a Ramonet el paper del presumpte boig per vendre en una escena que no sabia representar. Com que Tomàs era indiferent a la vida que feien els altres, ignorava que els veïns sí que coneixien la seua, de manera que, posades en una balança les necessitats del comprador i el desig de mantindre el nivell de vida del venedor, aquesta última determinava el pes de l'operació, generalment desfavorable als nostres interessos.

Al capdavall Tomàs sempre venia prou per sota del preu d'eixida. Però, comptat i debatut, argumentava que la venda d'una herència són guanys nets. Tot això no ens impedia una certa tristesa mentre observàvem els obrers alçar un mur que ens retallava el pati. I a la fi, la venda de cent metres quadrats i la terra de marjal no serviren per allargar-li la vida a l'avi, tot i que durant l'estiu no tocàrem els diners ingressats en una llibreta a banda a la caixa d'estalvis.

Venguérem els cent metres de pati a Sebastià, el veí de la punta. Per la posició fronterera de la seua casa amb la nostra, era el comprador ideal atès que el pati, encara que més petit després de la venda, mantenia la forma original. A mi, Sebastià era el veí que menys m'agradava. En general em desagradaven tots, però especialment ell. Aquest home em recordava els alumnes pulcres i aplicats del col·legi; aquells que, amb el seu comportament, t'evidenciaven al marge de les normes. La vida de Sebastià discorria en direcció oposada a la nostra. Era un laboriós llaurador de vida sòbria que acumulava patrimoni a còpia de treballar fins i tot els dies festius. El vèiem com un home absurd i incomprensible que no tenia més horitzó que apilotar propietats i fornir el compte corrent. Comprar-nos a nosaltres li suposava un èxit personal, perquè creia obrir una escletxa ètica que el ratificava no sols en l'encert dels seus plans sinó, sobretot, en l'error del nostre projecte. Amb ell, Tomàs no tenia escapatòria per molt de teatre que fera en les negociacions. La forma tan distinta de vore i viure la vida els condemnava a l'acord, i l'oncle, a la vista que passaven els dies i el veí no es movia de l'oferta inicial, va subordinar la venda del pati al fet que ens comprara, també, les catorze fanecades de marjal. Tot plegat resultava humorístic perquè Tomàs, que iniciava les negociacions amb tot de reticències, acabava venent el que l'altre no havia previst comprar.

Així, quan va morir l'avi mamprenguérem unes obres a la planta baixa que consistiren a fer tres habitacions, reformar la cuina i entaulellar el pis de la planta. La casa va quedar més polida, però li faltava l'aire informal i entranyable que tenia abans. Potser era l'absència de l'avi allò que trasbalsava el paisatge interior; absència que va afectar Ramonet, que passava moltes hores amb ell. A fi d'evitar que caiguera en la malenconia, Tomàs va insistir-li perquè isquera més de casa, però Ramonet deia que en tenia prou amb els dimecres a la vesprada. Qualsevol ocupació que l'allunyara de la solitud seria una bona idea i el vam animar perquè dedicara més temps als tres camps d'horta. Nosaltres érem molt poc a casa i al camp trobaria amb qui parlar, o si més no es distrauria amb un treball sense relació amb l'absència de l'avi.

Tomàs va comprar un televisor a Ramonet. Crec que fou de les poques vegades que va pensar en ell, en la necessitat que tenia el seu germà de passar l'estona tot i que Ramonet no sentia entusiasme per la televisió. Estava acostumat a la tertúlia i no tenia amics al poble. La gent que coneixia eren persones que venien a casa a visitar l'avi i des que va faltar no hi venia ningú. Persistia l'enigma dels dimecres a la vesprada. ¿Amb qui es veia? ¿Que potser es trobava amb una dona casada? ¿O era, per contra, una minyona que servia en un pis de la ciutat i només tenia festa eixe dia? Fóra qui fóra havíem d'esbrinar-ho; l'oncle Tomàs estava decidit a posar fi a la solitud de Ramonet.

Un dimecres, doncs, Tomàs em va enviar al carrer de Sant Vicent, a l'altura de la plaça de Sant Agustí, lloc on l'autobús de línia del poble tenia l'única i última parada a València. Sabíem que Ramonet eixia de casa havent dinat, cap les tres de la vesprada. Mentre esperava prop de la parada m'assaltava el dubte de si era lícit espiar la vida privada de l'oncle, ja que algun secret havien de guardar les cites dels dimecres quan ell mai no ens deia amb qui es veia ni on anava. Així li ho vaig fer saber a Tomàs, però resolgué la qüestió contestant-me que ho fèiem pel seu bé; tenia la intenció de convidar la dona a vindre a casa.

—Ramonet necessita una dona. Les dones volen hòmens que no isquen de casa i ell és feliç ací.

Tomàs creia que si Ramonet no s'havia casat era perquè dedicava el seu temps a l'avi. D'altra banda, el fet que des de feia anys només isquera els dimecres de manera sistemàtica el va intrigar de sobte.

«¿No és estrany —em preguntava mentre esperava l'arribada de l'autobús— que Ramonet mai no ens haja dit res dels dimecres?» Ell, com cap de nosaltres, no tenia secrets per a la família, pensava jo aleshores. Ara, ningú no li ho va preguntar mai. De fet no ens preocupàvem d'ell i havia arribat el moment de prestar-li un poc d'atenció. Dels dimecres solament en sabíem el que deia: «vaig a pegar una volta». Ací quedava tot. La veritat és que jo també em delia per descobrir l'enigma, perquè era evident que en tot allò s'ocultava alguna cosa. De dones, no en parlava; i, en general, de qüestions de sexe, tampoc. Es limitava a fer un somriure sobre els despropòsits eròtics en les nostres converses. Al cine venia els dijous amb nosaltres, i si venia era perquè hi anàvem tots. Tampoc no anava de botigues, ni al teatre, ni a cap espectacle de variétés de la sessió de vesprada. No en parlava mai, d'això. Si fóra una criada, Tomàs ho tenia clar: la contractaria i Ramonet tindria companyia. Però si era una dona casada, al marge de la sorpresa majúscula —no imaginàvem el bo de Ramonet fent-li el salt a un altre—, estaria condemnat per sempre a la cita dels dimecres.

Vaig vore Ramonet baixar de l'autobús. Vestia amb una certa elegància, si més no comparat amb la roba habitual que feia servir a casa, amb les típiques espardenyes de careta, camises fosques i pantalons descolorits pel temps. Anava amb jaqueta, camisa impecablement blanca i pantalons de tergal. Després d'acomiadar-se d'alguns veïns del poble que anaven en el mateix autobús, l'oncle va seguir carrer Sant Vicent amunt. De tant en tant s'aturava en un aparador de roba o davant d'una pastisseria, com si fera temps per tal d'arribar a l'hora convinguda. Després, a la plaça de la Reina va tombar pel carrer del Mar fins a l'hostal La Estrella. Hi va entrar i llavors vaig esperar.

Vaig esperar tres hores, una eternitat que vaig passar en una orxateria davant l'hostal, però uns metres més avall. Des d'allí podia observar el moviment de la porta. Mentre esperava tractava d'imaginar-me'l amb una donassa espectacular de relleus pronunciats, una Lollobrigida indígena, per bé que la situació em resultava insòlita: el caràcter, les seues maneres no encaixaven en un comportament més propi de l'oncle Tomàs. Ramonet hi va arribar a les quatre de la vesprada i en va eixir un poc més tard de les set. Cinc minuts després isqué una dona d'una cinquantena d'anys i la vaig seguir, ja que l'hostal no tenia gaire afluència i per força havia de ser l'amant de l'oncle. Va pujar a un autobús a la plaça de la Reina i jo ho vaig fer darrere d'ella. Durant el trajecte la vaig observar amb un punt de decepció: físicament no m'agradava, però en canvi tenia una aparença maternal que inspirava tendresa i de cap manera s'ajustava als paràmetres usuals de les amants furtives. Vivia a l'altra punta de la ciutat, a la carretera de Burjassot.

Vaig explicar a Tomàs i a Pepín el resultat de la investigació en el reservat d'El Boquerón:

—És una dona.

—¿Jove? —preguntà Tomàs.

—No. Deu tindre uns cinquanta anys. Es veuen en un hostal del carrer del Mar que es diu La Estrella. Han estat més de tres hores en l'habitació —vaig dir sense estalviar-me un somriure.

—Com que només va una volta a la setmana —comentà amb ironia Tomàs—. ¿I per què no ens ha dit res?

—La dona té pinta de casada.

—Ho hauríem de saber —féu Pepín.

—Jo sé on viu. ¿Anem?

—Vinga —s'alçà l'oncle.

De nou a la carretera de Burjassot, en el portal de la finca on vivia la dona, Tomàs i jo vam optar per picar al timbre de la porta del primer pis, mentre Pepín esperava en el cotxe.

—Bona nit, senyora —va saludar Tomàs a una dona en batí—. Busque una dona d'uns cinquanta anys, morena i de la seua estatura. Sóc taxista i s'ha deixat la cartera en el cotxe.

Era un edifici amb només tres altures i dues portes a cada planta. De seguida la veïna ens va indicar la persona que buscàvem.

—És Regina, la de la porta sis. Li fa un favor, perquè la pobra és viuda i no va sobrada.

—Moltes gràcies.

—A vostè, bon home.

De retorn al carrer, Tomàs es fregava les mans:

—Si és una viuda la cosa està feta: la portem a casa.

—¿I si té tres o quatre xiquets? —vaig objectar jo i Tomàs es va aturar a l'entrada de la finca.

—Home, si passa dels cinquanta els tindrà criats! Parlarem amb Ramonet i li ho plantejarem. Lo millor per a ell és que tinga una dona en casa.

—Mira, si ell mai no ens ha dit res és perquè vol guardar el secret.

—¿Que no el coneixes? Ell s'ho calla perquè és tímid.

—Es pot enfadar.

—¿Enfadar? Ramonet és un tros de pa. —Va quedar una mica pensatiu, com si haguera trobat una solució—. ¿I si li ho proposàrem a ella? Les dones volen companyia i a lo millor Ramonet no li ho ha proposat per por a la nostra reacció.

—No sé si...

Tomàs no tenia el dubte com a instrument de reflexió. En un tres i no res es va plantar davant la porta sis i va picar al timbre.

—Bona nit, senyora Regina —digué Tomàs amb la mateixa cordialitat que usava amb els bons clients.

—Bona nit —féu la dona prou sorpresa per la confiança que emprava el desconegut—. ¿Què vol?

—Mire, sóc el germà de Ramonet. I este d'ací és el meu nebot. ¿Podem passar?

—¿Ramonet?

—Bé, o Ramon.

—¿Quin Ramon?

—Dona, el de Benicorlí —s'estranyà l'oncle.

—No conec cap Ramon de Benicorlí.

—El de l'hostal La Estrella —vaig dir jo pensant que l'oncle potser feia servir un pseudònim.

—¿Què passa amb La Estrella? —La tal Regina semblava no entendre res.

—Dona —féu Tomàs arronsant les espatlles i fent-li l'ullet—, no voldrà que li diga què passa allí entre vostè i...

—Escolte, jo treballe a l'hostal i m'agradaria saber què vol.

—¿Treballa?

—Sí.

—Però... treballa, treballa, ¿no?

—¿Què vol dir?

—No res, senyora. Perdone les molèsties. S'hem equivocat.

—Escolte...

—No és res, senyora, no és res. Perdone les molèsties —deia Tomàs mentre baixàvem de pressa les escales.

Malgrat la relliscada, Tomàs no es va tirar arrere i em va insistir perquè el dimecres següent seguira Ramonet una altra vegada. Quan l'oncle s'entossudia no hi havia mans. Una setmana després era de nou a la plaça de Sant Agustí. Tal com havia passat l'anterior dimecres, Ramonet entrava a l'hostal a les quatre de la vesprada. Darrere no ho va fer ningú —hi entrà un municipal però el vaig descartar—, i va eixir un poc abans de les sis i mitja. Deu minuts o un quart d'hora després isqué un home, i fins a les set i mitja ningú més, a banda de la viuda. Quan vaig informar Tomàs que només havia vist eixir un home darrere l'oncle, em va dir que em fixara millor i que la clau de l'assumpte estava a presentar-me a les tres i mitja de l'altre dimecres a l'hostal. Així ho vaig fer. Vaig vore entrar, un quart abans de les quatre, el mateix home que havia vist eixir la setmana anterior després de Ramonet; abandonava l'hostal deu minuts més tard que l'oncle. No ens ho podíem creure. Per cerciorar-nos-en vaig repetir l'operació dues setmanes més i després vaig seguir l'home fins a l'estació del Nord, vaig posar-me darrere d'ell en la cua de la taquilla i vaig comprar el mateix bitllet. Fins i tot vaig esbrinar on vivia.

Mentre em dirigia a El Boquerón, no deixava de pensar en la forma de comunicar-li a Tomàs que, en efecte, era segur que Ramonet devia ser homosexual. Després d'unes quantes setmanes seguint-lo, ja me n'havia fet la idea i l'impacte del descobriment s'havia esmorteït amb el pas dels dies. Per a nosaltres l'opinió de Tomàs era determinant, però ens preocupava la del Fino i la resta d'assidus al bar. Així doncs, vaig dir a Pepín que quan em vera entrar a El Boquerón els esperaria en una punta de la barra, lluny de la curiositat dels altres.

—Pareix una broma, tan grandot i homenot com és! —De seguida, Tomàs, en una actitud pensativa, va buscar en la memòria els precedents:— Ara, al tio la cosa de la cuina i la casa sempre li ha tirat molt des de menut. —I un altre gest cavil·lós:— ¿Cóm li diem: «vinga, Ramonet, ja sabem que eres maricó. Porta't el nòvio a casa»?

—No podem dir-li-ho —vaig dir jo.

No hauríem sabut com dir-li-ho, era el gran problema. Des del moment que vaig saber que Ramonet era homosexual, li vaig agafar més afecte. És com si de cop i volta tinguera la necessitat de protegir-lo d'un món arrelat en la radical aversió a tot allò que no es considerava normal. M'aterria la idea, i fins i tot em posava violent, imaginar que algú poguera menysprear-lo. Era un home gran i fort però enormement sensible.

L'altruisme que esmerçava en nosaltres exigia una devolució solidària i havíem de tornar-li-ho respectant la seua intimitat. Això no obstant, ens hauria agradat dir-li que disposara de la seua vida com volguera. Que les portes de casa eren obertes per rebre com un amic l'home amb qui es veia si així ho desitjava, i a la merda aquest món imbècil de prejudicis morals i convencions hipòcrites. Però vam preferir no descobrir el seu secret i anys més tard ens adonàrem que havíem comès un error, perquè si d'algun lloc volia fugir Ramonet era d'aquell reducte de tres hores a la setmana on des de feia molt de temps estava reclòs. Per a ell, la cita del dimecres no era la d'un amant que espera amb impaciència que arribe l'hora acordada, sinó una mena d'encontre marcat pel compte enrere d'una felicitat fugissera.

17

Si no plovia pedregava, quan no pedregava ni plovia fallava el preu o s'allargava la sequera, i si el preu era bo la collita era minsa. Sempre plou quan no hi ha escola, deia Ramonet a propòsit de la poca rendibilitat que treia de treballar els tres camps d'horta. De les finances casolanes, en parlàvem entaulats en el desdejuni. L'oncle ens detallava la desfeta agrícola al meu germà i a mi, perquè Tomàs llegia el diari amb aquell aire d'escolar atent que posava. En les primeres hores del dia cultivava el seu vocabulari. Llegia amb un llapis que sostenia en la part superior de l'orella i de tant en tant subratllava paraules o expressions que trobava formidables mentre es bevia dos o tres rebentats de conyac. Va deixar el diari obert per les pàgines que estava llegint. Havia subratllat «Hete aquí» d'una informació de successos titulada «Hallado un cadáver muerto en la playa de Pinedo».

—¿Saps què et dic, Ramonet? Que si per mi fóra ho vendríem tot.

—¿I què farem?

—Viure. Si tornara a nàixer no treballaria tant —digué Tomàs com si de sobte s'haguera descobert una vida esgarriada.

I no era una impressió subjectiva, en absolut; per bé que mai no s'havia distingit per ser un home laboriós, i ara menys encara ja que Pepín i jo havíem empunyat, juntament amb Carraca, els ramals del negoci. Per a Tomàs, la sensació que algú treballava al seu voltant li creava un clímax asfixiant de faena. Darrerament ens dirigia des del reservat d'El Boquerón, i només eixia d'allí per visitar els clients importants, aquells amb els quals calia, pel volum de compres, un tracte especial, o per desaparèixer algunes vesprades sense dir-nos res o bé per anar a ballar. Passava el dia a El Boquerón, bevent i jugant al pòquer, i ni tan sols ens acompanyava als clubs d'alterne a vendre whisky, de manera que més d'una volta Pepín i jo, empeltats de l'exemple de Carraca, vam intercanviar botelles de J.B. per servicis sexuals.

La veritat és que no ho fèiem sovint, això de l'intercanvi. Però quan les comissions del whisky se les quedava el client a qui presumiblement havíem de cobrar-li-les, intensificàvem la venda de mobles auxiliars d'una xicoteta empresa que delegava en nosaltres la producció destinada a la ciutat. Així doncs veníem queviures, whisky i mobles, tres representacions comercials que reunien poques coses en comú, tret de la comissió. El cas era vendre, el que fóra i com fóra, perquè el tren de vida que portàvem ens enganxava a les despeses permanents.

Els diners de la venda de la consegüent part del patrimoni els havíem emprat gairebé tots en la reforma de la casa i vivíem si fa no fa al dia. Amb tot, no estàvem pendents de la situació econòmica mentre no arribava a extrems alarmants i habitualment fèiem jornada intensiva. Les vesprades les deixàvem per a les sessions de cine de dilluns a dimecres, i a les sales de ball de dijous a diumenge. Hi anàvem a la Bolera, a l'Arajoma, al Lara, al Coet, al Boliche Fallero... segons els dies i les circumstàncies, perquè per a mi, tot i que era un any major que el meu germà, hi havia circumstàncies atenuants: tenia algunes dificultats per a accedir a les sales i, sovint, havia de provar que era el nebot de Tomàs per evitar-me problemes.

Pepín tenia xiques en totes les sales. De sempre ha tingut gosadia i presència física. Jo també, però em mancava la segona aptitud per a assolir el seu èxit amb les dones, tot i la voluntat que posava per cridar l'atenció enfilant-me pantalons estrets a fi que la bragueta suggerira un bon paquet, intentant compensar la poca alçada amb una bravura prominent. De vegades encara anava més lluny i usava la clau de casa (quinze centímetres de metall compacte) per impressionar-les. Me la ficava a la butxaca esquerra, ben prop del penis, per tal que, mentre ballava un bolero, elles la notaren entre cames amb el fregament involuntari d'una pista de ball a gom de gent. Algunes, fugint de la part esquerra on duia la clau venien a la part dreta, on tenia escorat l'autèntic; altres no en feien cas perquè estaven insensibilitzades a causa de les faldes emmidonades que vestien, però en general la clau tenia una certa acceptació. Un dia, a la sala Lara, situada al Parterre, prop del carrer de la Pau (al Lara anaven els futbolistes del València i la gent rica de la ciutat), ballava amb una xicona vestida amb una falda estreta. Generosa com era ella, i decidit com era jo, ens vam cenyir tant l'un contra l'altre que la suposada duresa del suposat paquet va quedar en evidència i en una de les ardoroses embranzides es va queixar. Allò no podia ser de carn, imagine que va pensar, perquè de sobte va dur una mà a la meua butxaca i, en notar el ferro, va esclafir a riure i vaig haver d'eixir ràpidament del Lara ja que tothom em mirava.

—¿Estàs com una cabra o què? —em va renyar el meu germà.

Pepín no sabia que usava la clau de casa (en realitat ningú la trobava a faltar: les portes sempre eren obertes). Si em posava pantalons estrets o feia servir argúcies impensables era perquè intentava emular el seu èxit amb les dones. Sempre fèiem les mateixes coses, conjuntament i a l'uníson. Estiguérem units contra una mare que no exercia; també en la defensa mútua en el col·legi. Teníem un treball comú —fins i tot ens desfloraren el mateix dia—, albiràvem un destí igualment articulat, i ara no em resignava a aquesta desigualtat en les oportunitats del sexe, en una època en què el sexe estava reservat només a aquells que ho mereixien. Vull dir que Pepín, amb la seua alçada inusual —li havia eixit al pare, deia Ramonet—, un cos fibrós, com el de Belmondo, i una cara atractiva de faccions dures amb una barba incipient, només havia de palplantar-se a la barra i, des d'allí, fixar-se en la dona que li agradava i fer coincidir les mirades.

De nou em trobava en desavantatge com quan, als autobusos, els agarradors de cuir eren tan alts que havia de conformar-me mirant Pepín i el Gamenyo refregant-se a cor què vols en el cul de les dones. Si aleshores m'empassava llet pura a fi d'estirar-me, ara m'afaitava una barbeta que amb prou feines tenia algun brot de borrissol, per tal que, amb la insistència, creixera. Des que Tomàs ens va obsequiar amb la propina del xino, vaig tenir notables divergències sexuals: les pretenia totes, per bé que no totes em preferien a mi. Pagar-les no tenia mèrit, hi havia pel mig l'orgull d'aconseguir-les a través de la qualificació masculina, malgrat que anys després m'adonaria que la relació amb les dones sempre costa un preu i no necessàriament en metàl·lic.

—Quina ocurrència, la clau de casa! —va riure de valent Pepín mentre ens allunyàvem a corre-cuita del Lara.

Ell no en necessitava, d'ocurrències. Però amb solidaritat fraternal va accedir que anàrem més sovint a l'Arajoma, local més popular freqüentat per minyones, classe social sexualment més agraïda. Aleshores jo tenia un cervell pràctic, pensava que com que les minyones estaven descontextualitzades, vull dir desplaçades del seu ambient vivencial, ja que la majoria d'elles provenien de Múrcia o Albacete, els calia més recer que no les autòctones. Ignore el perquè però anaven de dos en dos, com la guàrdia civil, cosa que facilitava l'aproximació conjunta i, de vegades, conjuntada.

Amb elles, però, havies de prologar l'encontre amb llargues xarrades asseguts en una de les nombroses tauletes de l'Arajoma. (Tomàs deia que les dones eren com els ajuntaments: havies d'omplir la instància i posar el segell per tal que et feren el favor.) Estaven molt interessades en les relacions humanes, en noves coneixences que els ablaniren la solitud que provoca una ciutat desconeguda. Però nosaltres, més que entrar en les seues vides volíem penetrar en els seus cossos. Hi penetràvem, certament; a còpia abans que res de simular-los un amor etern —encara que jo sabia que l'eternitat és l'angoixa pels minuts que passes sense cardar—, elles s'entregaven. Ara, a mi el cor sempre m'ha pogut i procurava no allargar l'engany més del compte (quatre, cinc o sis encontres en la penombra del hall d'un edifici o en la, aleshores, fructífera horta dels voltants de València). En això Pepín era més canalla i no és perquè jo, ara, tinga la potestat de contar-ho. És clar que de mi s'enamoraven menys, perquè desconfiaven:

«Tienes cara de vividor», em deien algunes, i això facilitava una relació més franca d'una banda, i un adéu menys traumàtic d'altra part. Sembla que no hi deixava una gran petjada. En canvi, el meu germà tenia molts problemes per desfer-se dels embulls sentimentals que provocava, i els provocava pertot arreu. No en tenia culpa, més aviat eren elles les que no transigien a una pèrdua que consideraven valuosa. Encara no feia molts mesos de l'embolic amb Flora, l'ama d'El Boquerón; un afer que va preocupar Tomàs per si el Fino, que tenia, malgrat que ella havia abandonat l'ofici, una ascendència protectora amb Flora, s'enfadava. Per sort, el Fino s'ho va prendre amb elegància i va comentar a l'oncle que Pepín era un xicot que valia molt per a les dones. I d'això, més que Flora no en sabia ningú.

Des del primer dia que vam entrar a El Boquerón que Flora no li llevava l'esguard al meu germà: ara un somriure incitant, ara un plat més farcit que el dels altres o bé una caiguda d'ulls des de l'interior de la barra, Flora sempre tenia per a Pepín una subtilesa. Mai no he considerat ingenu el somriure d'una dona; estava convençut que les insinuacions de Flora tindrien un dia o un altre una base sòlida. Pepín em tenia al corrent de la situació i fins i tot vaig assistir, per indicacions d'ell, a les trobades de tots dos, en el reservat d'El Boquerón. Vam deixar la finestra exterior del reservat oberta perquè jo poguera observar des de fora. Era una nit d'agost i Tomàs i Carraca se n'anaren al catch. Flora havia dit al meu germà que l'esperava a les dotze, i a eixa hora en punt va picar a la porta —amb les cames lleugerament tremoloses— i ella va alçar la persiana metàl·lica i el féu passar fins al reservat, on després de servir-li un conyac

—el volia lliure d'inhibicions— va començar a acaronar-li els cabells i a dir-li que era un xicot molt maco, li va xuplar el lòbul de l'orella davant l'excitació temorenca de Pepín, que no sabia què fer amb les mans fins que Flora, mentre li banyava els llavis amb la punta de la llengua, li les va dur als seus pits, enormes i durs tot i els seus cinquanta anys. Després es va descordar la brusa i els sostenidors i li va dir que li mossegara els mugrons, però molt fort, tant com poguera (era com si haguera posat la boca en el cor d'un meló d'Alger, em va contar en eixir d'allí); ella gemegava i es movia com una anguila mentre excitada li fregava la bragueta, però Pepín va apartar la boca dels mugrons amb un gran sospir, amerat per la dentellada. Llavors Flora el va asseure al sofà, li va baixar els pantalons i li va fer un francès («fellatio», diu que li va dir que es deia). Però jo això ja no ho vaig vore, perquè el respatller del sofà m'ho impedia.

Cada dues o tres nits Flora convocava Pepín al reservat d'El Boquerón; li vaig proposar que li preguntara si podíem anar-hi tots dos, però ella va respondre que no, que amb tres es difuminava la intensitat del sexe i, a més a més, el preferia a ell, que era, per l'aspecte físic, com més home i sobretot més atractiu (¿no era injust que una dona major poguera triar i un jove com jo no poguera tindre ni una dona com ella? Trobeu una resposta a les relacions sexuals entre homes i dones i fareu un gran servici al vostre cervell). Dissortadament per a Flora —i per al meu voyeurisme passiu—, allò no va durar gaire: tret dels pits tenia la carn una mica flonja i Pepín, que ja coneixia la tibantor d'altres pells, comparava. El meu germà no sabia com dir-li-ho, temia la reacció del caràcter fort i ravaler d'ella —recordem que

Flora havia estat prostituta i no havia tingut moltes oportunitats d'escollir els amants.

—¿I si li ho contem a Tomàs? —vaig dir-li—. Ell sabrà què fer-ne.

L'oncle va riure mentre feia uns colpets amables a les galtes de Pepín, com aquell xiquet que ha comès una entremaliadura i no sap com reparar-la.

—Deixa-ho a les meues mans —digué Tomàs, però en sentit metafòric, per bé que de gust s'hauria posat en el lloc del nebot—. Flora és explosiva, ¿eh, Pepín?

—Sí, molt explosiva —contestà més amoïnat que entusiasta.

Tomàs va parlar amb el Fino i aquest amb Flora, a la qual va retraure que tot el barri sabia de l'escàndol d'una dona de la seua edat amb una criatura com aquella. Flora va replicar dient-li que es passava pel cony l'opinió del barri. Aleshores el Fino li va girar la cara d'una bufetada abans d'advertir-li, davant de tots, que si no posava fi a l'assumpte tornaria al carrer. Hi hagué un silenci espès, un clima de mirades expectants que va trencar Tomàs ordenant-li a Berruga que tocara l'acordió, com quan als salons de l'oest tenia lloc una baralla multitudinària i el pianista desdramatitzava la situació amb una peça del repertori. «Estas son las mañanitas/que cantava el rey David/y ahora te las cantamos/en tu cumpleaños feliz...», va refilar Berruga, amb més inventiva que encert. Llavors Flora es va tancar al magatzem amb el cor oprimit i el desig reclòs en la nevera.

El meu germà se n'isqué de l'embull amb el cartell d'Adonis reforçat; el Fino li augurava un esplèndid futur amb les dones i Tomàs en volia traure profit (tots els dissabtes la filla de Sebastià, el veí que ens havia comprat part del pati, estenia o recollia la roba i li adreçava mirades furtives). Per la seua banda, Flora aviat el va reemplaçar per un amant més granadet, un despit que el Fino evità interpretar i jo... Bé, jo envejava Pepín, enfilat en els camins aleshores pregons del sexe amb dones experimentades, i sovint l'usava d'esquer a les sales de ball. Amb la seua presència al meu costat es multiplicaven les possibilitats d'entaular relacions amb dones deu o quinze anys més majors malgrat que el meu germà, com que ja n'havia tingut una, les preferia més joves. Jo, no; jo pensava que, com més grans, més vicioses eren. A l'Arajoma acudien viudes que eixien del poble de «compres» a València. Venien entre setmana i les ensumava com un perdiguer intueix la llebre darrere els matolls.

Dels dos jo era l'intel·lectual del sexe: havia de compensar en l'esforç imaginatiu allò que d'entrada ja posseïa Pepín com un do de la naturalesa. Foren o no viudes, sabia que les dones de trenta anys en amunt que anaven a les sales ho feien per alguna cosa més que distraure's, perquè no debades el temps passa i fa tots els retorns inútils. Pensava —i així creia que ho pensarien elles—que un intenta aferrar-se al punt de partida eludint potser que els anys t'instal·len en la lògica del llanguiment. Ho pensava i ho pense (ara jo passe dels quaranta i lluite perquè la llangor dels records no s'aferren a mi). Pepín, que odiava la teoria perquè disposava d'una bona praxi, deia que tota aquesta retòrica meua eren foteses, que calia tirar-li cara (calia tindre'n, li replicava). En qualsevol cas seguia els meus consells i si per un casual coneixíem, posem per exemple, Rosa i Anna, ell s'enduia Rosanna. De manera que sovint l'esquer enxampava peixos en rius excessivament cabalosos per a mi.

18

Dimecres passat vaig anar a un restaurant a vore una dona que feia vint o vint-i-cinc anys que no havia vist. El seu nom és Lola, és divorciada i de jove quasi em féu perdre l'enteniment. Conserva encara aquell atractiu de trets orientals, però els seus ulls han perdut la vivesa que tenien i usa un collar de tela ajustat per dissimular les arrugues que insinuen el coll. Vaig conèixer Lola a la sala d'estiu del Mambo, un dissabte a la nit. La recorde simpàtica i molt sensual; m'atreia tant que passava llargues estones recolzat a la barra observant-la ballar. Remenava el cos com la lluna reflectida en l'aigua d'una mar en calma. Crec que vaig arribar a enamorar-me d'ella, però no ho puc afirmar tot i que tenia els símptomes de badoqueria en què et sumeix aquest estat de l'esperit. En qualsevol cas m'agradava, i molt. Fou l'inici d'una bona amistat —ara sé que una bona amistat barra el pas al sexe: tots els meus amics són homes. Era amable amb ella, li feia regals, sabia quina beguda preferia, si m'hagueren embenat els ulls amb l'olfacte l'hauria distingit entre un miler de dones (doncs sí, crec que n'estava enamorat). En fi, un respecte insòlit en mi. Una nit de falles, mentre érem al ball del carrer d'un barri, vaig aprofitar que tots dos estàvem ebris per dir-li que l'estimava. Va somriure, cofoia i agraïda, i amb cortesia i fins i tot amb una certa recança em va dir que ella a mi també, però com a amics (quina dèria, la d'algunes dones, d'acomiadar-te com un amic, quan no hi ha res que motive més animadversió que un amant bandejat). Entre sospirs, lliscant-me el dors de la mà per la cara, em va confessar que estava boja per Pepín. «Si fores tan atractiu com ell...», hi afegí, sincerament amoïnada per bé que en el lament hi anava implícita la demanda d'auxili. Llavors li la vaig presentar.

Molts anys després que Pepín i Lola mantingueren una relació de la qual a penes vaig voler saber res, entrava en el seu restaurant. Vaig seure en una taula del racó i, així que vingué a atendre'm, li vaig dir qui era (li vaig dir que jo era el germà de Pepín Torres). Li va fer molta alegria retrobar-me, no em va preguntar pel meu germà, però li vaig dir que no el reconeixeria de gros com estava. Després que va tancar el restaurant, i dalt o baix havíem repassat les nostres vides mentre sopàvem, vam anar a prendre unes copes a una discoteca amb música lenta dels seixanta, que de tant en tant ella freqüentava. Semblava contenta i va manifestar una loquacitat exagerada, esplaiant-se sobre l'època en què ens vam conèixer. L'altaveu va reproduir una peça de Mat Monro i em va demanar si em venia de gust ballar. «Clar que sí», vaig mentir. Arribats a una hora de la nit, jo volia anar-me'n perquè ella s'entestava en els records, com si haguera perdut un objecte de gran valor i mirara de retrobar-lo. El que jo havia perdut d'ella era impossible de recuperar en el present: només era una còpia d'aquell bell original que creia haver estimat. Ho vaig comprovar després en el llit, quan intentava refugiar-me en el plaer d'un cos temperat pel cosmètic. Si hi vaig anar, no era per la Lola d'ara sinó per la Lolita d'abans; un repte difícil d'assolir malgrat l'esforç que posava ella dient-me tot allò que es diu en els accessos amorosos, com si tinguera por de no ser prou activa per a retindre'm. I no era això, no; era la plenitud dels pits que jo no trobava, els petits plecs que solcaven el seu ventre quan, asseguda al llit, esperava que em llevara la roba (darrerament mostre una certa indolència a llevar-me la roba) el que afegia complexitat a l'encontre tot i que la meua ment intentava posar en marxa el que feia temps s'havia immobilitzat en la meua memòria. Mentre ens fumàvem un cigarret, em va acariciar la cara amb el dors de la mà i la vaig notar una mica agresta. Vaig somriure; amb prou feines un gest que no ferira la seua sensibilitat, el just, però, perquè comprenguera que mai més no ens retrobaríem, ja que en realitat mai no ens havíem trobat. Abans d'anar-me'n, en el bes de comiat que va precedir l'adéu definitiu, vaig creure vore en els seus ulls una expressió de malenconia, una mirada ratificada en el convenciment que el que has viscut no et serveix de res, que el present és una insistència efímera i el futur, com el passat, no existeix. O potser això ho pensava jo.

19

El meu primer amor fracassat fou com aquell conte que ens narrava l'avi d'un xiquet que va caure a un pou i va trobar una ciutat meravellosa. L'endemà que Lola em va confessar que estimava Pepín, vaig trobar al gimnàs de Brillantina l'antídot que m'encimbellaria als cors femenins. Aleshores era un gran aficionat a la boxa i acudia amb Tomàs, el Fino, Carraca i el meu germà a quasi tots els combats que es celebraven a València i observava amb ulls delitosos com els boxadors eixien dels clubs o entraven a les millors sales amb dones que feien caure de cul. Eren rosses tan espectaculars o morenes tan portentoses que Déu s'hauria estremit davant d'elles. Buscaven el poder masculí que té en la força física un principi inalterable. Com deia Tomàs, el mal que et provoca una dona es cura amb més dones, paradoxa certament indiscutible. La vida és plena de paradoxes, però em resistia a entendre que el trajecte més curt a un cos desitjat fóra una recta interminable.

I és per això tal vegada que mirara d'escurçar el camí endinsant-me en un altre sens dubte més pedregós: amb la meua alçada i el meu pes, la boxa no era l'esport ideal per a redimir-me l'orgull viril. Brillantina, que afirmava tindre el mateix ull clínic per a descobrir talents que aquells pesadors de porcs que abans d'accedir l'animal a la balança ja sabien el pes que feia, va dir a Tomàs que em dedicara al futbol, als escacs o al patinatge artístic, però que m'oblidara de pujar al ring.

—¿I què em dius de Sangchilli? —li respongué Tomàs—. Sangchilli era xicotet però molt brau. Fou campeó mundial.

—El negre estava sifilític.

Panamà Al Brown, que segons la llegenda tenia una sífilis avançada quan va perdre el ceptre del pes ploma davant Sangchilli, se'l coneixia a València com el negre, com si al món només hi haguera un negre, en clara competència amb l'altre negre de l'espècie, però en el terreny de la cançó melòdica, Antonio Machín.

—«Hete aquí» un infundi —s'emprenyà Tomàs; Brillantina no el va entendre i a l'oncle se li unflà el pit de satisfacció—. Si Sangchilli fóra americà vos cauria la bava a tots, però com que és valencià li negueu el pa i la sal.

Aquesta discussió tingué lloc en el reservat d'El Boquerón, després que comunicara a Tomàs la intenció de preparar-me en el gimnàs de Brillantina.

—Pepín, Pepín sí que té planta. En cinc o sis mesos el faig campeó provincial —va afirmar Brillantina.

Però el destí de Pepín era reunificar el pati casant-se amb la filla de Sebastià, segons els plans de Tomàs. Així doncs, havia de conservar la cara intacta. Tota una altra cosa és que a mi me la feren estelles, sense cap missió específica definida.

—Pepín no val, t'ho dic jo —féu Tomàs, i jo m'ho vaig prendre com un elogi, però la negació més que enaltir la meua qualitat pugilística tractava de protegir les excel·lències físiques del meu germà.

L'oncle creia que Pepín, arribat el moment, ens trauria del dèficit econòmic i evitaria que el nostre patrimoni desapareguera. Tomàs no veia en el treball l'eina adequada de benestar familiar; treballar era un càstig, la irremeiable manera de guanyar-se el dia a dia els que, com nosaltres, depenien del salari.

—No em faig responsable de la salut del teu nebot —conclogué categòric Brillantina, i me'n vaig anar amb ell al gimnàs.

El gimnàs de Brillantina es deia Club Boxing Sugar, en insultant homenatge a Sugar Ray Robinson; un títol fastuós per a un local de dues plantes, estret i ruïnós, on la característica que sobreeixia per escandalosa era que no disposava d'aigua calenta a les dutxes, ni a l'estiu ni menys encara a l'hivern. Era el pitjor boxing de València i n'hi havia molts en aquella època. Els púgils de Brillantina tenien fama d'encaixadors o pegadors murris, que pensaven més en la manera de buscar el revers del reglament que no la noblesa de l'estilista. Potser hauria estat més adient posar-li al club el nom de Rocky Graziano, aquell que Paul Newman va interpretar en Marcado por el odio. Sugar Ray Robinson va aportar la bellesa plàstica a un esport que Graziano i la majoria representaven a partir de la violència gratuïta, com si albergaren algun greuge contra la humanitat i hagueren decidit dirimir-lo des de la trona justiciera d'un ring.

El personal que sovintejava el club hauria fet feliç un equip d'assistents socials. Quan jo hi anava a entrenar, gairebé totes les vesprades, deixava la cartera a Tomàs, i quan practiva fúting pels carrers dels voltants del gimnàs tornava amb la sensació que no trobaria ni els calçotets. Però res m'aturava: Brillantina era per a mi la ciutat meravellosa del conte; una ciutat plena de morenes exuberants esperant-me amb els braços (i les cames) oberts.

El primer dia em féu la fitxa tècnica, que en deia ell: amidar-me i pesar-me. Llavors va comprovar amb sorpresa que no assolia ni el pes de la categoria ploma. Era curiós el meu cos, perquè no semblava tan esquifit com indicava l'agulla del pes, però la veritat és que amb prou feines arribava als quaranta-nou i n'havia de fer, com a mínim, cinquanta-quatre. Brillantina, doncs, va manar-me una dieta rigorosa a base de carn de bou, verdures, fruites, llet de vaca pura i pasta. Ignore si la dieta era correcta però en qualsevol cas l'abundància sempre fa sagí i jo engolia a quatre mans.

Quant als exercicis físics, em va prohibir, de moment, que fera guants amb altres púgils del club, potser en previsió que m'escanyaren i tinguera un problema amb Tomàs, que totes les setmanes requeria informes sobre els meus progressos.

—Va bé, però costa.

—El xiquet és un crack, però l'has de polir —deia Tomàs sense alçar la vista de la partida de copo.

Per un temps, doncs, vaig deixar la representació dels mobles auxiliars —que ocasionalment comercialitzàvem de vesprada— a les mans de Pepín i Carraca. Havent treballat, cap a la una del migdia, venia a casa, l'únic lloc on podia complir la dieta de Brillantina gràcies a l'eficiència domèstica de Ramonet, i per rescabalar-me les hores perdudes en la nit feia una migdiada fins a les cinc de la vesprada i tot seguit al gimnàs. Mentre dinàvem, Ramonet intentava persuadir-me que la boxa era un esport dur per a un cos fràgil com el meu. Lluny d'amoïnar-me, els consells de l'oncle m'agullonaven l'esperit atlètic i esmerçava uns esforços extraordinaris en la preparació física. El sac i els pesos no tenien secrets per a mi, ni tampoc el puching-ball que penjava de la paret, un estri de difícil maneig que aviat vaig saber com usar-lo a fi de millorar els reflexos.

—Només fúting, sac i espill —m'advertia Brillantina si veia que em calçava els guants.

Però passats dos mesos creia estar a punt per a barallar-me amb qui fóra. A més, amb la intensitat i les hores que dedicava a l'exercici físic, gairebé m'acostava als cinquanta-tres quilos i em notava tan fort que diries que feia i pesava el doble. Els dissabtes, al pati de casa, abans de l'allipebre, feia una demostració amb Pepín d'espàrring amb uns guants que Tomàs ens havia comprat. La diferència de pes i alçada amb el meu germà no em representava cap problema; em divertia explicant-los el nom tècnic del colp que havia dirigit a un punt del cos de Pepín: el jab d'esquerra, el swing, el crochet de dreta, l'uppercut... Tot m'estava permès sempre que no li desfigurara la cara.

Un poc abans que dinàvem sota el porxo, la filla de Sebastià estenia la roba en la terrassa de sa casa. Tomàs va deduir tres coses: a) sempre estenia els dissabtes a migdia, justament quan tots nosaltres ens reuníem al pati, b) mai no estenia sa mare i c) malgrat que intentava dissimular-ho, estenia lentament i des de darrere la roba guaitava Pepín.

—Perquè mira a Pepín, això està clar —emfasitzava Tomàs per si algú creia que es fixava en mi.

—A mi no m'agrada —protestava el meu germà.

—Pensa en la família, Pepín. Ahí tenim un plat de calent segur.

Més que un «plat de calent», el patrimoni de Sebastià abraçava un menú de luxe. A més a més, com que el veí era tan sobri només tenia una filla, i Pepín, segons Tomàs, heretaria ràpid, perquè tant de treballar és incompatible amb la bona salut.

—¿Però tu em creus capaç de passar tota la vida amb una xicona com eixa? —Pepín se'n feia creus.

—¿I qui t'ha dit que passaràs la vida amb ella? Amb la planta que t'ha donat el Nostre Senyor i el compte corrent que et deixarà el sogre les tindràs totes. ¿Tinc o no tinc raó, Ramonet?

—No li digues això, home —somreia Ramonet—. No faces cas, Pepín. El tio t'ho diu en broma.

—De broma, res; ho dic molt en sèrio: tenim un lapsus continu en la caixa i s'haurem d'espavilar.

Vam riure de valent tots, a propòsit del «lapsus continu».

—Rigueu-vos, rigueu-vos... No pensareu viure a costa de la carrera del xiquet. Si no arriba al pes ploma!

—¿Qui ha dit que no faig el pes ploma? —em vaig emprenyar per la referència—. Pese cinquanta-tres quilos.

—Si fores porc t'indultarien, no fas olla —rigué Tomàs.

—El xiquet té classe —em defensà Carraca.

—¿Però per què t'has posat en el cap que boxege? —preguntà Ramonet a Tomàs.

—Sóc jo el que vull boxejar, tio. I vull fer-ho com més prompte millor. Parla amb Brillantina i que em deixe fer guants.

—¿Ja has pensat en el nom de boxejador que et posaràs? —volgué saber Carraca.

—Sí.

—¿Quin?

—El Tigre de Benicorlí.

—¿El Tigre? —repetiren sorpresos tots a una veu.

—¿Què passa, no puc ser un tigre? —em vaig molestar.

—Sí, sí...

I ens posàrem a menjar-nos l'allipebre. Jo crec que es fotien de mi, perquè Tomàs i Pepín tingueren un accés de tos just després de fer la primera cullerada.

20

Tomàs va dir a Brillantina que estava llest per passar a la segona fase de la preparació pugilística, és a dir, la part teòrica i pràctica de la boxa. Però, de tècnica, al Boxing Sugar en sabien tanta com els permetia el cervell, i el cervell, allà, destacava per una absència significativa. No era estrany que el palmarès de Brillantina estiguera trufat de derrotes sonades i victòries per punts (de sutura), ja que instruïa els alumnes en la perifèria del reglament. Així, fregar el guant en la cella oberta del contrari, usar els colzes en el clinx, colpejar el baix ventre o, com deia ell, debilitar psicològicament el rival (generalment consistia a mussitar-li a cau d'orella, en el break, insults recordant-li una nòvia de dubtosa fidelitat o, abans del combat, en l'acte del pesatge, vaticinar-li l'assalt i el minut en què besaria el feltre del ring), era tota la tècnica que s'inculcava. Un seguit de disbarats que tendien a minar la moral de l'altre en compte de reforçar la teua seguretat amb l'estilisme del dominador.

Fer guants amb aquell personal de Brillantina m'esgarrifava cosa de no dir. M'imaginava greument ferit per una arma blanca si col·locava un jab precís en la cara d'algú. Succeí, a més a més, que entre la preparació física que precedia els combats d'entrenament i els assalts posteriors entre les cordes (tres de tres minuts de duració; això, això, és l'eternitat) vaig retornar als meus cinquanta quilos i no hi havia forma d'arribar al pes exigit, de manera que els meus contrincants acumulaven vuit o deu quilos més que jo. En els pesos semipesants o pesos pesants aquesta diferència a penes és quantificable, però en el pes ploma és definitiva. Jo hauria d'haver boxejat en el pes mosca, però aquesta espècie estava extingida per falta de combatents i per molta carn de bou que m'empassara perdia el sagí en el ring de Brillantina.

Durant sis mesos vaig fer guants al gimnàs amb púgils que tenien una certa experiència, i tot i que alguns m'estovaven de valent, allò em servia per atresorar —ho havia llegit en les cròniques de Fernando Vadillo en As— capacitat de sacrifici, virtut indispensable d'un esport apreciablement masoquista. Amb tot, Brillantina parava el combat si em veia en inferioritat física i tècnica. Gràcies a ell no vaig patir mai un knock-out, un fora de combat que t'estirava en el feltre per un espai de temps superior al compte de deu.

—¿Com va el xiquet? —preguntava Tomàs amb insistent regularitat.

—Va bé, però costa.

—L'any passat em vas dir lo mateix.

—¿Què vols que et diga? No puc fer miracles!

—Fes-lo debutar.

—No puc. No se celebren campeonats de mosques i no arriba al pes ploma.

—Truca la bàscula.

—Home, Tomàs...

—Vull debutar —vaig dir jo ferm i confiat en les meues possibilitats.

—Oficialment no pots. Si no augmentes quilos, la federació no t'inclourà en els plomes.

—¿I extraoficialment? —preguntà Tomàs.

—Hi ha un paio, un tal Toni el Llargo, que organitza combats il·legals en un local de l'horta. Però repetisc: són combats il·legals.

—¿I què? És igual.

—Eixos combats no compten en el palmarès.

—¿I per què els organitzen?

—Fan apostes.

—Brillantina, ¿tu coneixes al Llargo? —li vaig preguntar.

—Només de vista.

—Jo, sí —digué el Fino amb aquella mena de veu greu que tenia.

—¿On viu?

—Té un club en la pista de Silla, el Treinta y tres.

—¿De boxeig? —s'interessà Brillantina.

—De xiques. Crec que en té dos o tres més en la carretera d'Alacant.

—¿Tens amistat amb ell, Fino? —li preguntà Tomàs.

—No, però el podem visitar.

El Treinta y tres era el típic club de carretera, situat a l'eixida sud de València, freqüentat per viatjants i camioners, amb una barra ovalada al centre del local i un reservat separat per una cortina vermella fosca al fons i a l'esquerra. Per buscar una hora tranquil·la vam anar-hi a les sis de la vesprada, però hi havia moltes dones i alguns parroquians. Vam preguntar pel Llargo a la cambrera que atenia la barra i ens féu passar a un despatx tan petit que a penes hi cabíem els quatre. Toni el Llargo era un individu alt i prim amb els cabells esborrifats, com si haguera tingut una mala dormida. Tomàs i el Fino m'acompanyaven. L'oncle volia aprofitar la visita per mirar de negociar amb el Llargo la venda de whisky en els locals que posseïa. Segons el Fino, el Llargo tenia estabilitat com a amo de clubs d'alterne i això suposava una certa garantia de crèdit. A Tomàs encara li quedaven idees.

Vam parlar amb el Llargo i no va posar cap problema perquè boxejara en les vetlades que celebraven, però ens advertí de la il·legalitat dels combats, de manera que si passava cap accident ell no se'n feia càrrec. Tampoc dels incidents. De vegades la policia clausurava el local i multava tots els participants i els organitzadors: les apostes estaven prohibides. Afegí que els boxejadors cobraven un deu per cent del percentatge de les apostes, si guanyaven; si perdien, res.

—Posen més entusiasme —reblà el Llargo.

A Tomàs, Toni el Llargo li va inspirar confiança. El fet que explicara tan clarament la singular organització que comandava, va motivar que li oferira, a un preu d'oferta i al comptat, caixes de whisky. El Llargo va acceptar el tracte i ens va convidar a una copa en la barra.

Mentre preníem la copa vam parlar de Clay, Frazier, Joe Louis i altres, però Tomàs parava esment en una dona que, davant nostre, a l'altra banda de la barra, fumava un cigarret darrere un altre amb el tedi reflectit a la cara. Tomàs va preguntar al Llargo com li deien.

—Pilar —va respondre el Llargo.

L'oncle no va quedar gaire convençut i va continuar observant-la mentre nosaltres seguíem amb el tema de la boxa als Estats Units. Llavors, sense dir-nos res, es va adreçar on era ella i, en vore'l vindre, la dona se'n va anar cap la porta d'eixida, però Tomàs la va aturar agafant-la d'un braç.

—¿Em dónes foc, Teresa?

Li va allargar la mistera de mala gana, o potser apocada per un encontre imprevist.

—Sóc Tomàs, l'amic de Miquel Garrigues, Micalet.

—Ja ho sé —féu resignada, jo diria que avergonyida—. ¿Com m'has trobat?

—No he vingut a buscar-te.

Va vore un punt de decepció en ella, però va dir:

—No digues a Miquel que m'has vist. T'ho demane per favor.

—Ell s'alegraria. Ja fa molt de temps de tot allò.

—¿Com està? ¿És feliç?

—A la seua manera, sí. ¿Per què no tornes amb ell?

Va acotar el cap i va romandre en silenci durant uns quinze o vint segons, com si volguera prendre's el temps adient per a respondre. Va deixar anar un sospir i va dir:

—¿Tu creus que ell voldria tornar amb mi?

—No ho sé, però no costa res intentar-ho.

—Deixa-ho estar, jo tinc la vida feta.

L'oncle va fer una mirada al voltant del local.

—Em guanye bé la vida —féu ella, copsant-li la mirada.

—Tu no eres una dona com estes.

—¿I tu què saps? Ja no sé qui sóc, ni crec que li interesse a ningú.

Aleshores Teresa li va contar que, en morir els pares, va estar a punt de viure amb un home de València. La relació anava bé fins que un dia es va presentar a sa casa profundament molest, perquè li havia amagat la història d'ella amb el seu marit. Teresa va intentar persuadir-lo dient-li que pensava fer-ho més endavant, que si no li havia dit res era perquè l'estimava i tenia por de perdre'l. Però ell es va sentir ferit: s'havia assabentat de l'afer per les xafarderies que corrien pel poble. Encara més: sabia que era l'única dona del poble que va abandonar el marit per anar-se'n amb un altre. ¿Quina classe de dona era ella? Va dir-li que no la bufetejava perquè no pegava a les dones. Teresa hauria preferit que li partira la cara abans que l'abandonara, però ell se sentia enganyat, creia relacionar-se amb una dona honrada. Ella li va assegurar que ho era i que allò no es repetiria mai més, que va ser un error de joventut i que tenia ganes de refer la vida amb un home com ell, que tant estimava. Fins i tot va implorar-li que es quedara, però l'home no va voler escoltar-la, se'n va anar i no va tornar més.

—Vaig vendre la casa i vaig vindre a viure a València. Durant un temps vaig estar netejant pisos però em vaig cansar. Ací em guanye la vida bé. En la ciutat ningú sap d'on vinc ni què faig.

Tomàs no va insistir, sabia que per a una dona en aquells temps i amb aquell error les possibilitats de refer-se en la vida eren molt remotes. Malgrat això, va voler apurar fins al màxim i féu l'últim intent; en va, no obstant.

—Em vaig casar amb Miquel per eixir de casa els pares. No estava enamorada d'ell. Em dol molt el mal que li vaig fer, és un bon home. Però jo no l'estimava. No el tornaré a enganyar. Per favor, no li digues que m'has vist.

Teresa es va encendre un cigarret i va tornar a la barra amb els ulls vidriosos; asseguda en un tamboret amb les cames encreuades jugava amb el paquet de tabac intentant combatre el tedi mentre mirava la porta d'entrada, potser esperant la visita d'un client.

L'oncle va vindre on érem nosaltres i va dir que tenia pressa. En realitat no volia continuar ni un minut més en aquell lloc. Ens acomiadàrem del Llargo i, ja al carrer, li vaig preguntar amb qui parlava.

—Era la dona de Carraca.

Ens va contar la conversa que havia tingut amb ella amb una mica de tristesa en la veu.

21

Un magatzem en desús de grans dimensions, corredors d'apostes que criden i gesticulen amb els braços entre la boira de fum espès que es condensa al local, dues-centes o tres-centes persones arremolinades a l'entorn d'un quadrilàter de base inestable, un speaker que allarga fins a l'infinit les últimes vocals dels àlies dels contrincants i en va espera que l'audiència l'aclame, conformen el singular Madison Square Garden —la meca mundial de la boxa— de Toni el Llargo.

Als vestidors, Brillantina dóna els darrers consells tècnics al primer púgil d'una tanda de cinc que pujarem al ring a boxejar no se sap contra qui; tan sols sabem que dalt o baix són del nostre pes, però potser en el meu cas serà més aviat dalt que baix. Confesse que estic una mica esverat, esgarrifança que augmenta amb la tornada als vestidors del púgil que ha combatut en primer lloc, sagnant a dojo per les celles i el nas. Demane a Brillantina ser l'últim a boxejar, com si retardant el moment crucial m'emparara l'esperança d'un esdeveniment que obligarà a suspendre la vetlada. Des del vestidor se senten les ovacions o l'esbroncada del públic. El segon púgil entra fet un Sant Llàtzer però ha guanyat als punts, anuncia un Brillantina cofoi. «¿En quin estat deu haver quedat l'altre?», em pregunte i com a resposta opte per eixir-me'n al fons del corredor, bo i esperant el meu torn lluny dels vestidors.

És des d'allí que sent l'speaker que informa el públic que hi haurà un curt recés abans de l'últim combat de la nit entre el Tigre de Benicorlí: quinze combats, deu guanyats per K.O. tècnic, tres als punts, una derrota i un nul, contra Carretero Martínez: vint-i-dos combats, vuit guanyats abans del límit, set als punts i set derrotes. Impressionant: em presenten com un boxador amb experiència. L'únic consol és que imagine la contumaç fal·làcia del palmarès de l'altre. Vaig corrent al vestidor.

—¿On estaves? —em reganya Brillantina mentre amb una bosseta de gel intenta tallar l'hemorràgia de sang que vessa del nas d'un púgil amb el cap en alt.

—¿Des de quan jo he boxejat quinze voltes?

—Ho fan per animar les apostes.

—I l'altre, ¿és veritat que té vint-i-dos combats?

—No ho sé, no l'he vist en ma vida. Vinga, meneja't, que et gelaràs els músculs.

El millor calfament que m'escauria fóra obrir la porta i córrer fins arribar a casa, però una mena d'amor propi estrany —en realitat el fet és irreversible— em fa seguir d'esma les instruccions de Brillantina. Tota la meua vida he sigut un especialista a buscar-me embolics amb la ment calenta i anar escàs de sang freda per eixir-me'n raonablement. Mentre Brillantina em practica un massatge als muscles i als braços assegut en una llitera ronyosa tinc una doble sensació: no em note les cames o bé me les note multiplicades. Em repetisc que he de conservar la calma i recorde alguns dels consells dels grans mites de la boxa, com ara Cassius Clay: «boxege amb la premissa que trobe obscè que em colpegen».

—He vist el que boxejarà contra tu.

—¿Com és?

—Ptsss... una miqueta més alt i quadrat, però té pinta de tronc. Te'l vas a berenar.

Les tàctiques psicològiques de Brillantina eren tan increïbles com les que fan servir els metges amb els malalts terminals; no tenien cap incidència en el meu esperit, amb la confiança sota mínims. En aquests casos, l'ortodòxia requereix de l'ego una autorevalorització de les virtuts que transmeta inseguretat al rival, però no em veia amb cor només que d'eixir indemne d'aquella aventura que en mala hora vaig emprendre. I tot per impressionar les dones, com si elles acceptaren de bon grat sacrificar-se per mi.

—Recorda que açò no és un combat normal, és il·legal i allí dalt val tot.

—¿Tot? —no eixia de l'espant.

—Home, quan dic tot em referisc que els àrbitres són més tolerants.

—Brillantina, ¿què faig? ¿Per on li entre?

Devia vore'm tècnicament acomplexat, perquè amb to enèrgic, com aplicant-me un electroxoc, em va dir:

—Mira, vés cara a ell i caga't en sa puta mare.

—Si li dic això, em matarà.

—Fes el que jo et diga. Au, tira.

Em va cobrir amb una mena de barnús de bany a l'esquena del qual, amb lletres pomposament majúscules, es llegia EL TIGRE DE BENI... Les havien cosit tan grans i a corre-cuita que no calcularen bé la toponímia de la denominació d'origen. Vaig aspirar profundament i amb l'alè de Brillantina al tos vaig encaminar-me al ring com un xai a l'escorxador.

En abandonar el túnel dels vestidors pensava que el públic em rebria amb una ovació d'aquelles que en diuen de gala, però em van acollir amb una indiferència només comparable amb la del meu rival, Carretero Martínez, en un racó del quadrilàter escalfant amb colps en l'aire. Així que vaig arribar a peu de ring, a la primera fila, vaig vore la família, fins i tot havia vingut Ramonet, i el Fino, i Carraca, i Manetes, Berruga i l'inseparable acordió que l'acompanyava pertot arreu, Flora i el seu amant. En passar per davant d'ells, em feren colpets a l'esquena i m'encoratjaren amb consignes que no sentia, perquè de tan nerviós com estava vaig ensopegar amb els escalons que menaven al quadrilàter.

L'àrbitre em va instar a saludar el respectable i vaig alçar els dos braços seguit de la prescriptiva reverència i llavors es va produir un aplaudiment tímid però cortès. L'oncle Tomàs em féu el signe de la victòria amb la confiança d'haver apostat per les meues virtuts d'estilista invencible. Mentre tenia lloc el ritual de presentacions a càrrec de l'speaker —a propòsit del Tigre va dir que pesava cinquanta-set quilos—, vaig observar Pepín amb dues xicones una mica descompensades, car la que tenia al costat dret minvava de carn i bellesa prou més que l'altra. M'assenyalava amb entusiasme i cridava l'atenció d'elles, com dient-los: és el meu germà! Jo li vaig picar l'ullet a la més atractiva, una morena de llavis molsuts; em va somriure i vaig recuperar l'ànim. Al cap i a la fi era allí dalt a punt de jugar-me la pell per posseir-ne una com ella.

Llavors l'speaker va baixar del quadrilàter i l'àrbitre va fer que ens reunírem els dos púgils amb ell al centre del ring. Vist de prop, Carretero Martínez tenia traça de convicte, amb les patilles més avall del lòbul de l'orella, els ulls eixits i la cara en tensió, com si anara a cometre un assassinat i, a més, de gust. L'àrbitre ens va advertir que, a pesar que el combat no era oficial, no permetria les il·legalitats que embruten la noblesa d'un esport com la boxa. Va fer que ens donàrem la mà i ens va enviar cadascun a un racó. Tot seguit va mirar l'speaker, el qual va cridar «segundos fuera!», va sonar la campana i Carretero va eixir enravenat a buscar-me amb tanta rapidesa que ja em tenia contra les cordes. El primer assalt és habitualment de tempteig, però tenia pressa i va decidir prendre la iniciativa amb sèries d'u-dos i directes, uns perdent-se en l'aire i altres trobant-me la cara i els costats.

—Trau la dreta, trau la dreta! —s'escarcanyava Brillantina, però jo en tenia prou i massa evitant les envestides del rival.

Si fa no fa, el primer minut el vaig passar bambant al llarg de les cordes —per bé que tothom em cridava que havia d'eixir d'allí— i intentant esquivar el llepassa de Carretero, fins que em va encertar un ganxo potent al maxil·lar. Vaig respondre com els bous de lídia ho fan al càstig: traient els braços i colpejant Carretero a la babalà. No era una bona tàctica, ja que aviat m'asfixiaria a causa de la fatiga, però aquell individu havia acudit allà a guanyar-se el percentatge de les apostes —entre cinc i deu mil pessetes!— i era justament ací on es dirimia l'autèntica batalla, perquè la meua motivació, per bé que urgent, no era tan precària.

Diuen els entesos en boxa que has de conservar la calma i mantindre fred el cervell, però si haguera tingut cervell no hauria pres la decisió de boxejar. Durant els tres minuts de l'assalt no hi va haver cap moment que no notara un colp en alguna part del cos. No sentia dolor, era com una mena de mareig i desconcert que, per uns instants, em van fer perdre la noció del temps i de l'espai.

Així que la campana va anunciar la fi del primer assalt, l'àrbitre em va haver d'indicar quin era el meu racó.

—Estàs fent-ho molt bé —em va dir Brillantina, però jo tenia la visió boirosa i no sabia en quin assalt estava tot i que havien programat tres assalts de tres minuts—. Té les celles fàcils, li has obert la de l'esquerra. Busca el clinx i refrega-li el guant.

Un fil de sang em va regalimar d'un orifici del nas fins a la boca, vaig alçar el cap i Brillantina em va posar una bosseta de gel als nassos. Tot ho curava amb gel, ell. Estava desmoralitzat, Carretero era dempeus al racó fent saltets i jo assegut amb les cames esparracades al banquet amb la vista en el focus del ring.

—¿En quin assalt estem?

—Només en falten dos —m'encoratjà Brillantina, com si ja n'haguera consumit trenta.

I de fet així era: les cames em tremolaven de cansament físic. Quan vaig escoltar el «segundos fuera!» de l'speaker i tot seguit el gong, de nou Carretero Martínez era damunt meu esperonat per un públic àvid de presenciar un homicidi. Aleshores vaig escoltar «Ti-gre, Tigre!..» des de les primeres files. Carretero va abaixar els braços, com incitant-me a combatre, però vaig aprofitar la pausa per mirar la família, buscant l'aixopluc del bressol domèstic. Tomàs reia com un beneït: ¿que potser pensa que em divertisc? I Pepín, ¿estaria patint pel meu destí? De qualsevol manera ell ho tenia pitjor amb la filla de Sebastià, un cromo que no l'hauries posat a l'àlbum ni que fóra l'últim que et falta de la col·lecció. A propòsit, ¿què fa la morena dels llavis? ¿Em mira? No vaig saberho: l'ínclit Carretero, d'un plegat, em va llançar una bateria de jabs i ganxos.

—Maricón, no tienes güevos —va dir-me mentre ens enredàvem en un break—. Te voll arrancá la cabesa duna ostia!

La mestria psicològica de Carretero no destacava per subtil, però era efectiva: evitava les seues escomeses tant com podia, no gaire perquè m'empaitava ací i allà i no em deixava més opció que el break; m'abraçava a ell impedint l'imminent colp inquietant, definitiu. No em quedaven forces ni per a replicar-li l'insult (ni el seu caràcter de boxador irascible aconsellava el càstig dialèctic). Tret de la possibilitat de fracassar dignament, no tenia cap més possibilitat. Aquest fou l'objectiu fins que conclogué el tercer i últim round. Almenys em mantenia dret, per bé que caminava tentinejant ebri de colps cap al meu racó. Vaig seure al banquet i vaig deixar anar els braços i les cames mentre Brillantina em ventava amb la tovallola. Els jutges van decidir ràpid la puntuació del combat, no recorde la diferència però fou abismal a favor de Carretero Martínez.

Estirat en la llitera dels vestidors, Ramonet m'aplicava bossetes de gel en diferents parts del cos. Tenia una cella oberta, l'altra unflada, els nassos i la boca amb sang, però no sentia dolor. Tomàs, aparentment indignat, exclamava que m'havien robat el combat:

—Ha sigut escandalós, demanarem la revenja.

Jo vaig dir un «no» tan inaudible que va passar desapercebut. M'entraven calfreds només de pensar que em retrobaria amb Carretero. Aleshores va entrar Pepín amb les dues xicones i em vaig alçar de la llitera perquè no pensaren que estava derrotat. Van vindre on era jo i les vaig saludar.

—Ho has fet molt bé —em va dir la dels llavis suggeridors.

—Ptss... —vaig exhalar una mica d'aire i vaig notar una agullonada a l'estómac—. En altres combats ho he fet millor.

Pepín es va girar d'esquena, rient-se'n.

—¿Com han anat les apostes? —vaig preguntar a fi que no m'indagaren el palmarès—. ¿Heu perdut molt?

Es van mirar uns a altres, sense dir res i em vaig sentir culpable, també, de la desfeta econòmica. Llavors Ramonet em va consolar:

—El tio Tomàs ha guanyat cinc mil pessetes.

—Cinc mil pessetes! —vaig cridar, i de nou vaig notar agullonades a l'estómac—. ¿Has apostat per Carretero?

—Home... pesava vuit o deu quilos més que tu i tenia més experiència. Una cosa és el negoci i l'altra la família. Ara, t'han robat el combat.

—Afortunadament, ¿no? ¿I tu? —li vaig preguntar a Pepín.

—Jo... jo... —va esclatar a riure—. ¿Per què no et dutxes? Les xiques estan esperant-nos.

—Supose que heu disfrutat del combat —vaig dir-los mentre coixejava cap la dutxa. Des d'allí vaig cridar Pepín.

—¿Necessites alguna cosa?

—Sí, la morena és meua.

—Jo t'havia dut l'altra —féu el meu germà, com si m'haguera obsequiat amb un gran present—. Si la mires bé...

—Escolta, gràcies a mi has guanyat duros; m'han fet com un drap i crec que em meresc algun regalet, ¿no?

—Em sacrificaré.

—Què sabràs tu què és un sacrifici! Per cert, pagaràs les copes.

Vam anar a prendre-les a les cafeteries del centre de la ciutat. A mesura que passaven les hores, el dolor, latent sota la temperatura del cos, es feia més i més tangible fins al punt que va arribar un moment que em vaig quedar enganxat sense poder alçar-me de la taula. L'organisme em grinyolava i sentia punxades agudes pertot arreu i una de les celles s'havia unflat fins a donar-li una aparença monstruosa a la cara. En aquell estat resultava impossible qualsevol empresa amb un mínin d'exercici físic. Li vaig dir a Pepín que parara un taxi i abans de pujar al vehicle li vaig demanar el telèfon a la morena. No en tenia.

—Vaig a l'Arajoma —digué ella.

—Ens vorem allí.

—Cuida't, germanet —m'acomiadà Pepín amablement.

—Per favor, Pepín, acompanya'm.

—¿No et trobes bé?

—No, estic fatal.

Podia haver-me'n anat sol, però deixar Pepín amb la morena era com fer senyals de fum en territori apatxe.

22

Hi va haver revenja, però no contra Carretero. Toni el Llargo s'hi va oposar amb l'argument que no hi hauria color en les apostes. Mesos després vaig fer un segon combat amb un tal Tamarit, que també vaig perdre —una decisió polèmica als punts— i ací va acabar el meu palmarès boxístic. A més, durant els vora dos anys que vaig freqüentar el gimnàs de Brillantina, el meu cos es va masculinitzar i va assolir alguns èxits notables entre les dones. Això, i que el Llargo no veia negoci en mi (els apostadors no jugaven ni un duro al meu favor), va determinar l'abandó. D'aquella aventura, em va quedar deformat el dit gros de la mà dreta; amb tot, podia haver sigut pitjor. Però les conseqüències anaren més enllà del terreny estrictament esportiu: amb Carraca deixant-se les comissions en els reservats dels nightclubs, Pepín corrent de sala en sala i Tomàs igual però damunt jugant al pòquer, les representacions comercials tenien un balanç negatiu. S'hi va afegir, a més, que l'empresa SOVAL va decidir tancar la delegació de València i dedicar-se només a les botigues de les comarques de la Ribera i la Costera. Seguir treballant per a l'empresa suposava eixir de València i Tomàs no hi va accedir de cap de les maneres tot i que els amos de SOVAL ens van donar a escollir una de les dues comarques. Així doncs, ens quedava la venda de whisky i el moble auxiliar, insuficient per a repartir entre quatre. Quan ens vam reunir per decidir què faríem, ja sabia cap a on tiraria Tomàs:

—Haurem de vendre un camp i un tros de pati.

—Jo tinc una idea—vaig dir—: per què no treballem...

—¿Això és una idea? —féu Tomàs, com afectat per un segament de cames.

—No m'has deixat acabar. Voreu: en comptes de vendre a comissió els mobles auxiliars podríem fer-los nosaltres. Guanyaríem més.

—Necessitaríem un fuster.

—Jo he vist com els fan i no és difícil. Porten les peces tornejades i l'únic que hem de fer és muntar-les.

—¿I per què no ho fan en les fàbriques? —s'estranyà Carraca.

—Perquè així no tenen tants empleats i s'eviten pagar la seguretat social. Crearem una empresa i ens donarem d'alta d'autònoms.

—Una empresa necessita un local —féu Pepín.

—Això no és problema: dels diners del pati en comprem un —resolgué Tomàs.

—¿És precís vendre? —m'apenava vore com es reduïa el pati.

—No tenim ni un gallet —va informar Tomàs.

—Un moment, un moment —alçà la mà Carraca—. ¿Si muntem l'empresa ja no vendrem whisky?

—T'encarregues tu, que eres un gran venedor —va riure Tomàs.

—Podríem comprar el local en el poble, serà més barat que en València —vaig proposar.

—Però en València estem millor, allí ningú ens dotoreja. Segur que trobem algun local prop d'El Boquerón. El barri està lluny del centre i no serà car.

A Tomàs, el poble no li feia el pes. Tret de Tono el Banderillero, la casa i les eixides (ara més esporàdiques) dels dijous a la nit al cine, l'hi unien molt poques coses i menys encara des que tingué lloc l'incident en l'enterrament de l'avi; un incident que temps després va tindre rèplica per part de l'oncle i de Pepín, per partida doble. Una nit de primavera, mentre fèiem uns cigarrets en el porxo del pati, Tono va mirar el rellotge i se'n va anar a posar el forn en marxa. Quan ens disposàvem a gitar-nos, va tornar-hi tan content que semblava agraciat amb la grossa de Nadal: quan anava al forn havia descobert, a través de la porta oberta del balcó del capellà, que tenia un pernil penjat del sostre de la cambra. No li va caldre dir res més, vam eixir de llampada de casa i vam seure en un dels banquets de la plaça, com fèiem tantes vegades quan veníem de matinada de València. Després d'assegurar-nos que el municipal dormia en el despatx de la planta baixa de l'ajuntament, Pepín es va enfilar per la finestra de la casa del capellà, cantonera mitgera amb la del consistori, va entrar a la cambra i va despenjar el pernil. Per tal de no travessar de nou la plaça i cridar l'atenció del municipal, vam tirar carrer amunt i vam anar al forn de Tono. Buidàrem el pernil fins a deixar-li l'os tan repelat que no l'hauria volgut ni un gos. No prou content encara, Tomàs va dir que perquè la cosa tinguera més inri hauríem de penjar l'os en la cambra del capellà. Així ho va fer Pepín mentre nosaltres l'esperàvem a casa.

A l'endemà no es parlava d'una altra cosa en el poble, segons ens va contar Ramonet, que venia del mercat. Pepín i jo vam escoltar-lo com si no en sabérem res, però Tomàs tragué la coixinera i abocà el contingut damunt la taula, un pernil tallat a trossos. Ramonet els recollí esglaiat i els amagà de seguida al rebost. Això succeí, si no ho recorde malament, el mes de maig, perquè dies després tingué lloc l'afer de la processó del corpus. El robatori del pernil no deixà del tot satisfet Tomàs, ja que el capellà mai no sabria que el pla l'havia ordit ell, i com que volia desafiar-lo públicament aprofità la celebració del corpus, el dia més festiu per als catòlics del poble, quan acudia una gran gentada, perquè tothom comprovara que un dia o un altre tindrien una resposta.

La processó eixia de l'església, feia una circumval·lació pel poble i per l'últim carrer que passava abans de tornar al mateix lloc era el nostre. Tomàs ens va advertir que era cosa exclusivament d'ell, de manera que nosaltres havíem d'estar al porxo. Així ho férem mentre ell duia la taula de la cuina a l'entrada de casa, arran de la porta del carrer. Va preparar un plat amb daus de pernil i, així que va escoltar els cants de les dones d'Acción Católica que s'acostaven a casa, va començar a menjar de cul a la processó. «Este pernil està celestial», va dir. Ramonet va fer un últim intent de persuadir-lo, però Tomàs va respondre que estava dins de sa casa i no passaria res. Va passar que tots els que desfilaven en la processó protestaven, amb murmuris, per la irreverència i de seguida, de boca en boca, va arribar a la cua de la processó on, sota pal·li, el capellà duia el santíssim crist seguit de les autoritats polítiques del poble i el caporal de la guàrdia civil amb l'uniforme de gala. La dona de Tono, que observava la processó des de la vorera, va anar a avisar-lo per tal que li evitara un disgust al seu amic Tomàs, però Tono, en arribar a casa, es va entaular amb l'oncle. Tots dos menjaven i parlaven de cul a la processó, pràcticament a tocar de la renglera de catòlics que desfilaven per la vorera de la casa. Els colps del pal·li contra el terra se sentien prop i Pepín va anar a afegir-se a la taula. Ramonet va pujar a la cambra i va observar la processó (o millor, les reaccions de la processó) a través de la finestra. Jo no sabia què fer, si quedar-me al porxo o afegir-me al sopar. A la fi vaig decidir fer colla amb Tomàs tot i que mai no he tingut fal·lera per donar-li el cul a ningú. La veritat és que el menú del sopar era magre, daus de pernil i vi d'una bóta que Tono havia portat. De sobte, la banda de música va parar de tocar i les dones de cantar, només un instant, perquè una dona va entonar una cançó seguida per les altres: «Perdona a tu pueblo, señor/perdona a tu pueblo/perdónalo señor...». Sentia la marxa compassada del pal·li darrere meu amb el pressentiment que m'escanyarien l'esquena. Se'm notava en tensió i Tomàs ens va dir a Pepín i a mi que anàrem al porxo, però vam preferir quedar-nos. Vaig deixar anar un sospir quan va passar la processó i una traca en la plaça anunciava l'entrada del santíssim crist a l'església. La mateixa nit i al dia següent esperàvem algun tipus de reacció, però no se'n va produir cap, tret de la visita de l'alcalde, que ens va dir que ell i tots els regidors eren partidaris de multar-nos, sanció que va evitar el capellà dient-los que els cristians havien de saber perdonar. «Jo, no. Mon pare encara no està enterrat on volia», va contestar Tomàs a l'alcalde.

—Comprarem el local prop d'El Boquerón —insistí Tomàs.

S'albiraven temps durs per a la nostra economia. Els tres camps d'horta estaven erms; convencérem Ramonet que no els treballara atès que havia complit els seixanta-cinc i rebia una paga, encara que minsa, de l'estat. D'estalvis, en teníem pocs i Carraca anava just per pagar-se el lloguer del pis. Mentre Pepín i jo buscàvem els moblistes que ens donarien la faena de muntar centres i taquillons, Tomàs maldava per vendre un dels tres camps o bé un tros de pati. Els camps no interessaven als compradors, eren terra d'horta no qualificada i no podien revendre'ls com a solars edificables. Tanmateix, el pati continuava provocant entre els nostres veïns una ànsia compradora, per bé que la nostra situació social no era la més adequada per a traure de la venda el rendiment econòmic que realment pertocava.

Vam aconseguir arribar a un acord amb dos empreses de mobles de València; acord verbal condicionat al fet que disposàrem prompte del local i a realitzar-los el treball a un preu més baix que el que pagaven a una altra empresa subsidiària. Això va acuitar encara més la necessitat de vendre un tros del pati. Li vam fer una oferta a Sebastià (Tomàs mantenia l'esperança que Pepín subjugaria un dia el cor de la filla), però malgrat que li'l donàvem a un preu raonable la venda no va quallar, pretenia pagar-nos a terminis llargs i de baix interès. De la resta dels veïns, l'únic que ens oferia una quantitat aproximada a la que demanàvem era justament al que menys ens interessava vendre-li, ja que partia el pati per la part propera al porxo i deixava la part restant amb una zigazaga horrible; damunt, només necessitava vint-i-cinc metres, amb els quals no en tindríem prou per a comprar la planta baixa, ni tan sols per assegurar-nos la tranquil·litat econòmica durant una bona temporada. Els altres aplicaven la llei de l'oferta i la demanda des d'un abús notable. Passaven els dies i no ingressàvem diners. Vam provocar un tour de force venent els vint-i-cinc metres al veí que confrontava arran del porxo, a fi de negociar amb els altres dos des de condicions més favorables, però sabíem que tard o d'hora acabaríem venent-los. Molts anys de veïnatge atorguen una intimitat que fa impossible la discreció. D'altra banda, no podíem demorar la paraula donada a les dues empreses que aviat tindríem el local. Vam haver de claudicar venent vint-i-cinc metres a cadascun dels dos veïns a un preu encara més baix que al primer. A la fi, després de la venda i el posterior mur que alçaven (al de la dreta li va tocar la llimera que molts anys enrere havia plantat l'avi), estàvem tan amoïnats per la pèrdua que Tomàs ens va prometre que mai més vendríem ni un metre. Per a ell, seria l'última venda.

—Haureu de treballar —digué amb tristesa.

Pepín, Carraca i jo treballàrem de valent a jornada completa durant un temps en el muntatge de mobles auxiliars. No compràrem el local, el llogàrem. Tomàs no volgué desfer-se dels diners obtinguts en la venda, per si fracassava l'empresa. Era un contrasentit, perquè no ens hauria calgut vendre tant de pati, però estimàvem l'oncle i no discutíem les seues contradiccions. Argumentava, d'altra banda, que psicològicament el fet de tindre diners en la llibreta d'estalvis ens aportaria tranquil·litat. El local, una planta baixa situada en el carrer paral·lel a El Boquerón, on Tomàs va instal·lar l'oficina (s'autoanomenà gerent de l'empresa, una empresa fantasma que ni estava registrada i ni nosaltres ens donàrem d'alta d'autònoms), tenia uns cinquanta metres quadrats i un lloguer suportable.

El treball no consistia a muntar les peces dels mobles, també havíem d'escatar-les, una faena fastigosa i dura si més no per a nosaltres, poc avesats al treball físic. Per sort guanyàvem els diners suficients per a mantindre el nivell de vida assolit fins ara. Llavors va arribar un moment, després de mesos treballant amb invariable constància, que vam decidir no aplicar-nos una plus-vàlua abusiva. De manera que, fet l'escandall per moble escatat i muntat, abaixàvem la porta així que el jornal ens avenia. L'acord li va semblar bé al gerent de l'empresa Torres (ens férem imprimir uns albarans amb la firma familiar sense especificar si era societat anònima o limitada. Jo crec que era les dues coses, perquè ni existíem com a empresa ni complíem l'horari convingut amb els clients). Vam comprar una furgoneta de segona mà, per retornar els taquillons i els centres a les dues fàbriques i evitar que vingueren ells a recollir-los i es trobaren amb la porta tancada. Tomàs es va oferir de conductor, però aviat el va substituir Carraca. L'oncle sovint sobrepassava els graus d'alcohol raonables i temíem un accident irreparable, en ell i en la furgoneta.

Bevia menys però l'afectava més. L'alcohol consumit al llarg dels anys l'havia tornat insegur i vacil·lant. A més, li notàvem un canvi de caràcter si no substancial sí una mica més irritable, com si l'alcohol li haguera avinagrat l'ànima i, sobretot, el seu esperit vitalista. No anava amb tanta freqüència a les sales de ball i fins i tot alguns vespres, després de sopar a El Boquerón, se n'anava a casa. Jo crec que l'emprenyava el fet de no vore's capacitat per mantenir el ritme de vida que sempre havia dut i evitava mostrar-se decadent als ulls dels altres. Hi havia diumenges que, havent dinat (a penes tastava la paella), es quedava al pati, escoltant amb Ramonet el programa «Carrusel Deportivo». Un dissabte, mentre Ramonet cuinava una espardenyà (barreja de creïlles, anguiles i pollastre), li vam demanar a Tomàs que ens ensenyara a ballar el mambo i el cha-cha-cha. Es va alçar de la cadira, va fer uns passos i de sobte va notar un mareig i el vam haver de seure. Tenia sensacions de vòmit i el front gelat de suor.

—Dilluns anirem al metge —el va reganyar Ramonet.

—No és res, és l'edat.

Fou la primera vegada que li vaig escoltar una referència a la seua edat, a tocar dels seixanta. Estava trist, ell, que el món prenia vida en les seues mans. Aquell dissabte no va eixir, però a l'endemà ens l'enduguérem al futbol i després al Lara. Es notava millor, va recuperar l'ànim i es va repenjar a la barra tota la vesprada. Dilluns, només alçar-se del llit va anar al lavabo a vomitar. Ramonet li va bullir unes herbes i va dir-li que eixe mateix matí el duria a l'ambulatori del poble perquè li feren una anàlisi de sang. Tomàs sentia pànic dels metges, mai no n'havia visitat cap; en el fons temia que li prohibiren l'alcohol, el tabac, alguns menjars i li recomanaren una vida més reposada. No era un pacient fàcil, no podia ser-ho de cap de les maneres, ja que trobava impossible un canvi radical de costums. Si ara feia una mica de bondat era perquè tenia l'esperança de recuperar-se i tornar a ser el que era. Un altre tipus de vida no tenia sentit. ¿Com renunciar-hi després de tants anys?

—Jo sóc el meu millor metge, deixaré de fumar i beure durant un temps i em posaré com un bou.

Només durant una temporada. De cop i volta tenia la sensació que el seu cos no era etern. El més sorprenent és que el canvi vital de Tomàs es va produir en pocs mesos. No fou un procés llarg en què a poc a poc observes la transformació, o potser nosaltres no ens adonàvem del canvi. El més probable és que ell sentira molèsties des de feia anys però no donara crèdit al defalliment de les forces. Aferrat a la vida entesa com una activitat febril, Tomàs vivia les hores convençut que no en tenia una altra i ara intentava un equilibri entre el desig de viure com a ell li agradava i la impossibilitat d'una vida tranquil·la. El fet cert és que a partir del primer vòmit va deixar de freqüentar El Boquerón, com si volguera fugir de la temptació de passar el dia bevent. A casa no aguantava moltes hores i venia al local amb nosaltres.

23

Si no haguérem disposat de les hores laborals tal com ens venia de gust, malgrat que havíem de complir els mínims d'un horari, hauríem tancat definitivament el local per dedicar-nos a un altre ofici sense la presència claustral d'un sostre per damunt de nosaltres. No érem treballadors d'horari ni menys encara de plaça fixa, però la crisi econòmica, incipient al principi dels anys setanta, no donava gaires oportunitats per a triar i, a més a més, vaig rebre una circular de l'ajuntament que em convocava al servici militar. Per al·legar alguna cosa, vaig fer constar que no tenia pares. No ho tingueren en compte. Quinze mesos que va durar el servici, tres d'instrucció militar al campament de la població de Marines, dotze a la capitania general de València, no van fer sinó reforçar-me l'aversió al militarisme. Gràcies a l'amistat del Fino amb un coronel, em van destinar de mecanògraf a les oficines de la capitania, amb seu a la plaça, és clar, de Tetuan, amb un passe d'aquells que en deien de «pernota» o «pernocta», és a dir amb el privilegi d'acabar al migdia i dormir a casa, però amb l'obligació de passar llista a les set del matí de cada dia.

Tomàs em va comprar un Seat Vuit-cents cinquanta nou de trinca, que compartia amb el meu germà a les nits, i el feia servir als matins per no arribar tard al toc de diana a capitania. D'allí al local (Carraca i Pepín, en un acte de conveniència solidària, treballaven només de vesprada, quan jo hi arribava), fins a les set o les vuit del vespre que finalitzàvem la cada vegada més i més fastigosa tasca d'escatar i muntar mobles auxiliars sota la mirada llangorosa de Tomàs, que omplia els albarans i de nou alternava El Boquerón amb algunes desaparicions.

La salut li empitjorava amb el temps. Gairebé tots els dies s'alçava del llit a la mateixa hora que jo i de seguida anava al lavabo a vomitar. Tenia el soroll dels vòmits incrustat al meu cervell.

—Ja em trobe millor. Anit vaig menjar alguna cosa en mal estat —ens deia quan Ramonet i jo li aconsellàvem que visitara un metge.

Les nostres recomanacions eren inútils, ho sabíem i no insistíem per no irritar-lo més del que la seua evident incapacitat física el violentava. Tot i això intentava en part fer la vida que li agradava, per bé que estava alerta a no abusar del tabac i l'alcohol. Al local, mentre tertuliàvem treballant, se'l veia la majoria de dies avorrit i trist, de manera que, al mes de juny del '74, quan vaig acabar el servici militar, Pepín em va proposar de fer un viatge a l'estranger amb Tomàs.

—No ha eixit mai i això el distraurà.

—Si sospita que ho fem per ell, no vindrà. I no té massa salut per a fer un viatge llarg.

—Deixem-ho que ho decidisca ell.

—¿Com? —vaig preguntar.

—Parlaré amb Tono.

La intervenció de Tono fou decisiva perquè Tomàs s'animara a viatjar, però en canvi no estigué gaire afortunat en l'elecció del país.

—Si la dona em deixara, jo també me n'aniria. Sempre he tingut il·lusió de conèixer un país socialista.

—Posen molts problemes per anar a la Unió Soviètica —vaig dir, perquè la meua il·lusió era visitar París o Londres.

—I això està molt lluny —protestà Tomàs.

—Podeu anar a Bucarest, diuen que hi ha una doctora que fa més jove la gent. Tomàs, vindràs fet un pimpollo!

—¿I com ho fa? —A l'oncle li brillaren els ulls.

—Cremes. Una crema que te la poses pel cos i se te fa fina com la d'una xicona de díuit anys. I pastilles, supose que s'han de prendre algunes pastilles, ¿no?

—De pastilles, no en prenc jo cap —féu l'oncle.

—Mira, Tomàs, tu no estàs ara per a dir què és lo que has de prendre. Viatja, collons! Les persones han de tindre món. Si jo poguera, ara mateix faria la maleta. Un país socialista, el paradís!

—En el paradís no es treballa —contestà Tomàs.

—Home, tu vas a distraure't!

—¿On està Bucarest? —preguntà Tomàs.

—En Romania —aclarí Pepín.

—No res, home: mitja hora en avió —Tono engrapà pel braç l'oncle—. Tomàs, ¿tu has pujat en un avió?

—No.

—Jo tampoc, però et confessaré una cosa: quan rebente el porc (en el partit diuen que Franco està molt fotut), llogaré una avioneta i tiraré pernils i xampany sobre València, per a que la gent ho celebre.

—Estàs com una xota —rigué Tomàs.

—D'acord, estic com una xota. Però arribarà un dia que tu i jo vorem la Pasionaria i Carrillo per la televisió.

—I la Federica —afegí Tomàs referint-se a la líder anarquista de la CNT.

—I la Federica —admeté Tono—. ¿Saps, Tomàs? Tens molta sort. Molta més que jo.

—¿Per què?

—Perquè coneixeràs un país socialista i jo encara hauré d'esperar. Molt poc, això del règim està al caure, però hauré d'esperar —Tono va adoptar un gest de persona assenyada—.Tomàs, dus-me una bandera de Romania.

—Te la portaré.

—I unes cremes per al cos.

—També.

El viatge fou una bona idea, però haguérem de vèncer algunes dificultats burocràtiques: el caporal de la guàrdia civil no volia tramitar a Tomàs l'imprès de bona conducta que calia per obtindre el passaport. El Fino va haver de telefonar al coronel («son buena gente, mi coronel») i el militar va agilitar els tràmits, per tal que l'1 d'agost isquérem de l'aeroport de Barcelona en direcció a Bucarest. Per desig de Tomàs ens desplaçàrem a Barcelona dos dies abans (Pepín i jo no coneixíem la ciutat), en el Vuit-cents cinquanta.

L'oncle va trobar Barcelona molt canviada; no hi havia anat des que, l'any 43, va acabar el servici militar. Vam passejar per les rambles i el port, menjàrem marisc a la Barceloneta, visitàrem el Camp Nou i algunes antigues amistats de Tomàs, gent que guardava un bon record del «valencianet», el sobrenom amb què coneixien l'oncle. El matí del dia 1, un amic de Tomàs ens va dur a l'aeroport i li confiàrem el cotxe fins a la tornada, el dia 15. Durant els dos dies que estiguérem a Barcelona va beure molt poc d'alcohol, com si temera que les conseqüències espatllaren un viatge que li havia retornat la il·lusió.

A l'aeroport, en el lloc on l'agència de viatges ens va indicar que ens havíem de presentar, vam conèixer la resta del grup, la majoria parelles de joves i algunes persones d'edat avançada. Els més majors viatjaven atrets pels reclams de la doctora Aslan, o potser Asland, no en recorde el nom, i els més joves ho feien empesos per una motivació clarament política, si més no pels seus comentaris. A l'avió, Tomàs va seure al costat d'un industrial de Sabadell, si fa no fa de la mateixa edat que l'oncle, que des de feia anys estiuejava a Bucarest.

—Per la cosa de la doctora, supose.

—No, no —féu l'home, rient—. Hi tinc amics allà. M'agrada el país, però només per fer-hi turisme. ¿Sap?, allò és terrible, tenen un règim de dictadura molt sever. Pitjor que aquí.

—Un amic meu diu que és el paradís socialista.

—El seu amic hauria de fer com tota aquesta colla de gent jove que vénen amb nosaltres. Quan ho coneixen, s'adonen que la teoria no encaixa amb la pràctica. És bo que hi vinguin.

—¿Tan malament està el país?

—No es preocupi, vostès s'ho passaran molt bé. Els turistes no tenen problemes, sobretot si porten dòlars. La vida és molt barata i hi trobaran diversió. No facin canvi oficial, a tot arreu hi ha mercat negre.

Llavors, sobre un plànol de Bucarest que va regalar a Tomàs, va marcar els carrers on podíem trobar llocs d'oci; llocs, d'altra banda, que prèviament Tomàs va aclarir de quina mena els preferíem.

—Faci'm cas, no vagin amb el grup. Passarien els dies visitant poblets i comprovant les excel·lències del socialisme. La diversió és a Bucarest o a Mamaia.

—¿Mamaia?

—És com el Benidorm de vostès, però més pobre. Si els agrada jugar, allí tenen l'únic casino del país. Només per a turistes.

Quan vam aterrar a Bucarest, l'aeroport estava pres per soldats amb metralletes. La gent mirava per les finestretes de l'avió i feien comentaris entre ells, una mica esgarrifats. Aleshores la guia ens va advertir que era un fet normal, ja que es tractava d'un aeroport militar.

—Benvinguts al paradís —ironitzà l'industrial.

Per a ell, segurament ho era. Així que vam passar el control duaner, l'esperava una jove atractiva que el va rebre amb un bes prolongat als llavis. Tots dos marxaren en un cotxe particular mentre nosaltres pujàvem a un autobús d'aspecte pollós seguint les indicacions d'una altra guia, aquesta romanesa, de nom Dana. En el trajecte de l'aeroport a la ciutat, Dana va detallar el programa d'excursions que l'agència ens havia preparat. Destacava, per l'èmfasi que hi posava, la regió de Transsilvània, famosa per la llegenda del comte Dràcula.

—A eixe, ja el coneixem —féu Tomàs en veu alta; no debades havíem vist totes les adaptacions fílmiques de la novel·la de Bram Stocker estrenades a València. No vam mostrar cap interès a anar-hi, menys encara quan, a l'hotel, vam comprovar la fal·lera de les cambreres pel tabac i altres objectes de consum occidental. De manera que quan Dana (Pepín i ella van simpatitzar al primer colp d'ull) va anunciar que a la nit soparíem en un restaurant típic amenitzat amb folklore del país, li vam fer saber que si no teníem gaire afició pels nostres costums tradicionals encara ens interessaven menys els dels altres. Dana es va emprenyar i Tomàs va ordenar a Pepín que ens representara. Llavors la guia es va tranquil·litzar.

L'oncle i jo ens vam citar amb dues cambreres del restaurant de l'hotel, que van quedar molt impressionades per la cortesia que tinguérem amb elles: els regalàrem dos paquets de Winston i unes ulleres de sol que Pepín havia deixat a l'habitació (a l'endemà va denunciar la desaparició en la recepció de l'hotel. El vam persuadir que retirara la denúncia, unes ulleres no pagaven la pena).

La conversa mentre sopàvem amb les dues cambreres va transcórrer entre infinitius i gestos manifestament visibles del que esperàvem d'elles. L'idioma del desig és tan universal que la barrera entre el que nosaltres preteníem i elles ambicionaven a penes obstaculitzava l'entesa. Vam llogar un taxi a preu fet i vam indicar al xofer, sobre el plànol de l'industrial, els llocs on volíem anar. Tomàs estava content, embolcallat fins i tot per una mena d'eufòria només temperada pels sobtats cansaments que patia, però malgrat això s'esforçava per seguir la gresca que les dues cambreres i jo marcàvem. Els locals que visitàvem estaven pràcticament buits i així que entràvem repartíem propines generoses (no controlàvem ben bé el valor del canvi de moneda) entre els camarades de l'orquestrina, més destres en les simfonies clàssiques que no en els mambos de Pérez Prado.

Així una nit rere una altra (el personal de les poques sales de Bucarest ens rebia com si fórem clients habituals de molts anys. Fins i tot alguns van fer un curset d'espanyol bàsic), amb canvi de cambreres mentre Pepín viatjava pel país de la mà i el cos de Dana, que al tercer dia li havia promès amor etern, a canvi de res, ni tan sols un pintallavis o unes peces de llenceria fina. Passada una setmana, el meu germà no sabia com dir-li que li agradava estar amb la família, però de la família podia gaudir tot l'any i d'ella només quinze dies, va replicar-li Dana.

—Té raó —ens solidaritzàrem nosaltres amb la guia, a les set del vespre, l'hora en què Tomàs i jo ens alçàvem i ell venia de Transsilvània o vés a saber de quin llac de la punta del país cansat com un turista.

Hi va haver un problema d'intendència, però: Tomàs i jo ens gastàrem tots els dòlars i perdérem l'afecte de les cambreres de l'hotel. Així doncs, atès que Pepín es va negar a fer-nos una transacció monetària amb l'excusa que havia de comprar cremes de rejovenir per a Ramonet, vam conèixer, els tres darrers dies del viatge, uns poblets meravellosos, esglésies ortodoxes i vam aprendre algunes havaneres i el «Cant dels ocells» de Pau Casals gràcies als catalans del grup, a hores d'ara melangiosos de la civilització occidental. El dia de tornada, a l'aeroport de Bucarest, Pepín va viure una escena emotiva amb Dana mentre Tomàs comprava una bandereta romanesa minúscula, d'aquelles que es planten en les taules del despatx, per al seu amic Tono.

Ramonet ens va preparar un sopar de benvinguda la nit que arribàrem a casa. Tono i Carraca hi estaven convidats. A Barcelona, amb els diners sobrants de Pepín, compràrem alguns regals per al Fino i Carraca. Ens van rebre com si haguérem conquistat un cim de l'Himàlaia: mai no havíem estat tan lluny ni tan absents de casa.

Tono estava interessat que li explicàrem fil per randa l'experiència d'uns dies en contacte amb el socialisme. Nosaltres no teníem una idea formada de com detallar-li un sistema que no ens avenia. La idea de visitar Romania havia sigut d'ell, ens ho havíem passat bé i no era just decebre'l. Però Tomàs i ell feia molts anys que mantenien punts de controvèrsia a propòsit dels sistemes polítics.

—Capellans en tenen pocs, però militars moltíssims. Lo que es guanya per un costat es perd per l'altre —resumí l'oncle assegut en la cadira patriarcal que havia ocupat l'avi.

—El socialisme té molts enemics —raonà Tono, i davant el nostre escepticisme, afegí:— No tots els socialismes són iguals. Cada país necessita una classe de socialisme.

—Ací en València no en triomfaria cap —afirmà Tomàs.

—¿Per què no?

—A vore si s'entenem, Tono. Mira, no cal anar-se'n molt lluny. En un poble com este, on viuen paios com Sebastià i com jo, ¿quina classe de socialisme poses?

—No alces la veu, Tomàs —advertí Ramonet, però el vi que havia acompanyat les xulles de corder ja feia efecte.

—Com tu i Sebastià n'hi ha en tots els llocs.

—Per això hi ha problemes en totes les nacions. Ell s'ha passat la vida treballant per acumular patrimoni i jo he treballat per a viure. Hi ha una gran diferència en el modus vivendi. L'únic sistema bo i que funcionaria és el que s'aplica un mateix.

—A tu lo que et passa és que no estàs preparat. El socialisme requerix una educació, una nova manera de vore les coses.

—Error lamentable, Tono. És el sistema el que s'ha d'adaptar a les persones i no al revés.

—¿I quin sistema s'adaptaria a tu?

—T'ho acabe de dir: el meu. Viu i deixa viure.

—Això és una dictadura, vols que tots siguen com tu!

—Per favor, no alceu la veu —s'esglaià Ramonet.

—Algun dia haurem de parlar amb llibertat! —reivindicà Tono.

—Però no en Romania —contestà Tomàs—. Allí és com ací, si xarres més del compte t'engabien.

—Amb la diferència que allí manen els treballadors i ací els oligarques.

—¿Què és un oligarca? —preguntà Tomàs.

—Un malnascut —respongué Tono.

—Pepín, ¿com li diuen al que mana en Romania?

—Ceaucescu, Tomàs —Dana havia instruït Pepín.

—Eixe és un malnascut —digué l'oncle—. És com Franco...

—Tomàs! —Ramonet provocà soroll mentre recollia els plats de la taula a fi d'esmorteir la discussió—. ¿Vols que vinga la guàrdia civil o què? Ja n'hi ha prou, parleu d'altres coses.

—Sí, sí, millor. Amb este no hi ha mans —va fer Tono, una mica indignat.

—¿I com són les dones? —preguntà Carraca, per restar tibantor.

—Grosso modo com les d'ací, quan les necessites no les trobes. I tu, Tono, no t'enfades, home —Tomàs li va fregar la testa, tranquil·litzant-lo—. Ara voràs què t'he dut del paradís socialista. Pepín, porta els regals. Ramonet, trau el xampany del congelador.

—Disfrutes manant —li retragué Tono.

—Sí, però sempre coses bones: regals, xampany...

Tomàs estava content, fins i tot havia recuperat les ganes de fer broma i, malgrat que el seu aspecte —la cara d'un color rogenc, la panxa unflada— no presagiava una millora en la salut, se sentia feliç com abans i no es privava de beure tal com en ell era costum en les llargues tertúlies sota el porxo.

Ramonet va destapar dues botelles de xampany i Tomàs va proposar que brindàrem pel socialisme, però el sarcasme se li va notar tant que Tono li féu una clatellada amistosa al bescoll. Vam desembolicar el paper dels regals i donàrem a Carraca, de part meua i de Pepín, una cartera de pell, en devolució cortesa de la que ell ens va regalar anys enrere. A Ramonet li entregàrem vuit o deu pots de crema de la doctora Aslan «per a que tornes a la joventut i sigues potent», va dir Tomàs, i Ramonet no pogué evitar una lleu vermellor en la cara; a Tono, com li havíem promès, una bandereta romanesa.

—És molt xicoteta. Jo en volia una ben gran per a posar-la en el balcó en la festa major.

—Tu lo que vols és cremeta, ¿eh? —digué Tomàs amb complicitat—. Va, Ramonet, regala-li'n un parell de pots.

L'oncle li'n va allargar tres.

—O siga —féu Tono destapant un pot—, et refregues la crema pel cos i et lleva les arrugues, ¿no? Ja sé lo que faré: me l'abocaré en la minga!

—A tu no se t'estira ni portant-la a Lourdes —digué Tomàs, i vam riure tots amb tantes ganes que potser ens van sentir en tot el poble.

La tertúlia féu un tomb prosaic al voltant d'aquest tema; Ramonet va anar a la seua habitació a amagar els seus pots, com si temera que un nou repartiment no li'n deixara cap. Va tornar amb més botelles de xampany. Tomàs i Tono, que estaven prou beguts, gesticulaven amb èmfasi i van tombar les copes. D'una revolada, Pepín va salvar un paquet que no havíem desembolicat.

—¿Encara queda un regal? —féu Tono.

—És un mocador de seda per al Fino —contestà Tomàs.

—Ara que dius del Fino —intervingué Carraca—, no me'n recordava de dir-vos que ha tancat El Boquerón.

—¿Per què? —Tomàs va recuperar de sobte la sobrietat. Per a ell, El Boquerón era un temple sagrat.

—Recordes que Flora tenia un amant, ¿no?

—Sí.

—Se n'ha anat a viure amb ell i el Fino ha decidit tancar el local. Ja saps que a ell no li agrada doblar.

—Clar, el Fino és un senyor —va dir Tomàs.

—Tinc una idea —vaig dir jo.

—Malament —sospirà Tomàs mirant Tono—, quan este té una idea ens posa tots a treballar.

—D'això es tracta. ¿Per què no li comprem El Boquerón al Fino?

—Però si no tenim ni un gallet! —exclamà Tomàs.

—Alguna cosa queda en la llibreta —contestà Ramonet sense gaire entusiasme.

—No cal que li comprem el local, li paguem un traspàs i un lloguer mensual i el portem nosaltres.

—¿Qui? —preguntà Tomàs.

—Carraca, Pepín i jo —el vaig tranquil·litzar—. Mira, Tomàs, estem farts d'escatar mobles i últimament no guanyem tants duros com abans.

—Sí, no ens porten tanta faena —afegí Carraca.

—Un bar és molt esclau —advertí Tomàs.

—Ens repartirem el treball. Flora el duia tota sola. És una bona ocasió, està tot muntat. Només l'hem de posar en marxa. Parla amb el Fino, Tomàs.

—Sí, parlaré amb ell. El Boquerón no es pot tancar.

Van continuar parlant d'això una estona. De sobte les paraules em van començar a sonar llunyanes. Vaig observar el darrer mur alçat al pati; no m'hi acostumava. Tenia la sensació que el meu món havia canviat, com si el viatge, curt en el temps, s'haguera convertit en una llarga absència. La llimera ja no estava. Perdíem intimitat, amb els veïns més prop, i, com deia Ramonet, hauríem de vigilar el contingut de les tertúlies. Però aquella nit havíem de contar-nos moltes coses i ho fèiem amb aquella classe d'eufòria que descura la sonoritat de les paraules.

24

Pausat i senyorial, rígid com una escultura egípcia, el Fino va explicar a Tomàs, davant la nostra presència, que havia pres la decisió de no complicar-se la vida. Aviat compliria els cinquanta anys i era conscient que, en el seu ofici, els anys eren determinants. Es mantenia bé, conservava encara l'atractiu d'un home que s'imposa per la personalitat del caràcter, però amb el temps aniria perdent les facultats i havia de mirar pel seu futur, un futur confortable i sense sobresalts econòmics. A més, el seu ambient s'enraria amb la presència d'intrusos organitzats amb motivacions fosques.

—Ja m'entens, Tomàs, les drogues i tota eixa porqueria. El barri ja no és com era i he decidit apartar-me a poc a poc. Esta gent no m'agrada.

—Fas bé, Fino.

Érem al reservat d'El Boquerón, nosaltres sols, sense clients, escoltant amb atenció els plans del Fino, que els desgranava amb un punt de desencant i amb intervals de silenci que acunçava amb la mirada fixa en el centre de la taula.

—En fi, note una miqueta de desori, el principi d'un desorde en un ambient que sempre s'ha mogut entre gent de paraula. Tu això, jo lo altre. I punt. ¿Comprens?

—Sí, Fino.

—Si el meu amic Tomàs vol El Boquerón, jo li'l done. No cal firmar res. Amb la teua paraula n'hi ha prou.

—Volem pagar-te un traspàs. I el lloguer mensual, clar.

El Fino va encendre un cigarret, va fer dues xuclades, lentament, i va dibuixar unes volutes de fum en l'aire. Nosaltres ens miràvem. El miràvem.

—No —digué, i féu una altra xuclada al cigarret—. No vull que em pagueu un traspàs, vos resultaria car i possiblement haureu de fer algunes reformes. El local té molts anys. Em pagueu les existències d'alcohol i el lloguer mensual.

—T'ho agraïm, Fino. Tanquem el tracte.

—El tracte és este: a partir d'ara mateix el bar queda en les vostres mans. Si el negoci no funciona, si no podeu pagar el lloguer, abandoneu el local per a que jo el puga vendre.

—D'acord, no et farem esperar ni un mes. Quan tu vulgues, fem el recompte de les existències.

—Això pot esperar. —El Fino va encaixar amb Tomàs i brindàrem amb una copa de conyac pel futur del nou Boquerón.

El mateix dia que tancàrem el tracte vam fer una neteja a fons del bar entre Carraca, Pepín i jo. Vam revisar el local de dalt a baix i, en efecte, necessitava mà d'obra i pintar-lo. No obstant això vam acordar, a fi de reobrirlo l'endemà, ajornar les reformes fins que ingressàrem diners suficients i organitzar, primer que res, la distribució de responsabilitats. Carraca s'ocuparia de la cuina i de la compra al mercat, Pepín de l'atenció als clients de la barra i jo de les taules. De moment treballaríem tots durant tot el dia, fins a les deu de la nit, i tancaríem els diumenges. Després, una volta dominat el flux de clients, constituiríem un torn d'horaris per tal que cadascú de nosaltres disposara d'hores lliures. Tomàs s'ocuparia de la caixa i de les comissions del joc, perquè d'ell fou la idea d'organitzar timbes de cartes semiprofessionals al reservat d'El Boquerón, totes les vesprades. Berruga es va oferir per tocar l'acordió. El vam contractar a canvi de menjar gratis sempre que no tocara.

—Hem d'inaugurar el local —digué Pepín.

—Haurem de convidar els clients —advertí Carraca.

—Molt bé —resolgué Tomàs—, la primera copa serà gratis, la segona a un preu reduït i la tercera normal.

En acabar la neteja, posàrem els preus dels entrepans, del menú del migdia i del sopar, que vam marcar-los com els tenien abans. Tanmateix, augmentàrem un deu per cent el de les begudes alcohòliques, convençuts que després d'empassar-se tres copes cap client s'adonaria de la sobtada revalorització.

A les set de la vesprada de l'endemà, el bar estava a gom de parroquians, la majoria habituals i els altres atrets per la possibilitat de fer-se una copa gratis. Per donar a la festa un aire més variat, el Fino va vindre acompanyat de vuit o deu dones. Havíem preparat taules amb cerveses dins de poals amb gel, fruits secs, botelles de conyac, rom i pepsi-coles. Quan ja no hi cabia una ànima, Tomàs, des de darrere de la barra, va reclamar l'atenció del públic per dirigir-los unes paraules, segons ell de «protocolo obligat», en les quals va recordar que reobrir El Boquerón era una qüestió d'orgull personal, ja que de cap de les maneres podia consentir que desapareguera, però que aquest esforç requeria de la fidelitat dels clients. Abans de concloure el parlament donant les gràcies per l'assistència, va dir que la caixa estava buida però que, no obstant això, la primera copa era gentilesa de la casa. «Visca El Boquerón!», exclamà pres d'emoció i tot seguit va ordenar a Berruga que tocara el pas-doble València, del mestre Padilla.

El públic va començar a beure amb un cert frenesí i jo vaig fer senyals a Berruga per tal que continuara tocant, perquè semblaven consumir al ritme de l'acordió. Pepín aviat va substituir Tomàs en la caixa, l'oncle estava una mica marejat pel fum i el xivarri i va anar a seure al reservat, juntament amb el Fino. Van ser unes hores de tràfec, però rendibles. Amb els diners obtinguts reposàrem les existències d'alcohol, ja que les empreses de begudes no ens donaven gaire crèdit fins que no comprovaren el nou funcionament d'El Boquerón.

Baixàrem la persiana ben entrada la matinada, cansats però contents, i amb poques hores dormides l'obríem de nou a les set del matí, després de passar pel forn de Tono per comprar el pa i els croissants del dia. Tomàs s'entestava a acompanyar-nos, malgrat les nostres recomanacions, i especialment les de Ramonet, que vinguera més tard al bar. Al cap i a la fi no era imprescindible, però ell s'excusava dient que era incapaç de dormir i preferia estar amb nosaltres. L'oncle Ramonet s'oferí a ajudar-nos a dur el bar; en el fons pretenia vigilar de prop el seu germà. Tomàs no ho va consentir, però. Deia que no hi havia al món una jubilació més merescuda que la d'ell. Nosaltres assentíem sense adonar-nos que, a casa, l'oncle s'avorria molt.

L'experiència empresarial d'El Boquerón calculàvem que anava bé, però no teníem ni tan sols una idea aproximada dels diners que guanyàvem; el control comptable no era la nostra especialitat. Pagàvem al comptat i repartíem al vol: vam establir la vella fórmula casolana de la caixa de fusta, ara substituïda per la caixa enregistradora de metall. Acabada la jornada, cadascú agafava els diners que necessitava i part del sobrant l'ingressàvem en una llibreta d'estalvis. Vivíem bé, però dormíem poc. A la nit, quan baixàvem la persiana d'El Boquerón, Pepín i jo sopàvem als restaurants del centre i recorríem les noves sales de ball que havien reemplaçat l'Arajoma, el Lara o el Boliche Fallero. Carraca duia Tomàs a casa, l'oncle amb prou feines eixia del reservat; de vegades jugava o observava les llargues partides de pòquer i fins i tot havia retallat les cites amb la dona amb qui es veia.

El treball del bar i el ritme nocturn ens obrí una mossa de fatiga i acordàrem uns torns. Pepín i jo duríem El Boquerón des de les set del matí fins a les tres de la vesprada, les hores de més tràfec, i Carraca, la resta del dia. Contractàrem una cuinera perquè preparara el menú del migdia. Fou un torn imposat per Tomàs i acceptat per tots, per tal que poguera vindre al matí amb nosaltres i tornar a casa a la nit amb Carraca. Ja no conduïa —ja no ho faria més— i va regalar el vell Mil cinc-cents a Carraca. La vida que fèiem va aguditzar la solitud de Ramonet, el meu germà i jo sols anàvem a casa a fer una llarga migdiada i dormir unes hores de nit. Tret del parèntesi dels dimecres de vesprada i la paella que ens reunia els diumenges, l'oncle havia patit fins i tot la pèrdua dels dijous a la nit —la sessió de cine del poble—, perquè Pepín i jo marxàvem a València i Tomàs no tenia ganes d'anar-hi.

La situació de l'oncle va millorar per uns dies amb l'agreujament de la salut de Tomàs. Un matí va començar a vomitar amb insistència i ell mateix va decidir quedar-se a casa. Des que vam reobrir El Boquerón, tornava a beure i a fumar amb la freqüència d'abans. Passava moltes hores al bar i no tenia la voluntat necessària per abstindre's de l'alcohol. Havia perdut l'humor i tot intent d'aconsellar-li que no beguera rebia una resposta agra. Li servíem whiskies aigualits, però a la llarga aquesta pràctica resultava més nociva perquè en bevia més.

Aquell matí Ramonet s'emprenyà tant, per la falta de responsabilitat que mostrava, que Tomàs accedí a seguir una dieta de verdures i aigua de Benassal a canvi de no anar al metge. Féu bondat quatre dies, al cinquè digué que es trobava bé i tot i les reticències de Ramonet vingué amb nosaltres. Així que arribàrem a El Boquerón, va vomitar al lavabo i li vam preparar una camamil·la que va refusar. Volia un rebentat, «la calentor del conyac em senta bé». En les primeres hores de la vesprada se sentí malament.

—Em cal descansar. Fa dies que no pegue ull. Dusme a casa, Carraca. Estic marejat i em fa mal el braç esquerre.

No sé si fou un mal presagi o la tardança de Carraca a tornar, però sospitàvem que ocorria alguna cosa. Una hora i mitja després, Carraca ens va telefonar des de l'Hospital Provincial: Tomàs havia tingut un infart. Brillantina es va fer càrrec del bar i, mentre Pepín es dirigia en taxi a l'hospital, jo vaig anar a buscar Ramonet sense adonar-me que eren les cinc de la vesprada d'un dimecres.

Així que vaig arribar a casa i vaig trobar la porta tancada, vaig saber que era el dia lliure de Ramonet. Aleshores se'm va plantejar el dilema de presentar-me en l'hostal o deixar-li una nota en la taula de la cuina. La urgència no feia de la situació un bon moment per a sospesar per quina de les dues coses havia de decidir-me. A més, l'estat de Tomàs era molt crític i Ramonet no s'hauria perdonat l'absència. Mentre em dirigia a l'hostal pensava que, ben mirat, si forçava la situació potser normalitzaria la realitat. Vaig aparcar el cotxe davant mateix de l'hostal i vaig dir a la recepcionista, una dona d'edat que vaig sorprendre becant en un sofà, que cridara Ramon Torres.

—¿Ramon Torres? —féu ella, entre l'ensopiment i una discreció obligada.

—Escolte, és molt urgent. —Amb cara de circumstàncies, vaig afegir:— De veritat, és molt urgent. Si no, no haguera vingut.

—¿Qui pregunta per ell?

—Diga-li que és el seu nebot. L'espere fora, en el cotxe.

Amb pas lent i artrític, la dona va pujar per una escala. Deu minuts més tard l'oncle eixia de l'hostal i li vaig obrir la porta del cotxe. No li vaig donar temps perquè se sorprenguera de com havia sabut on era, de seguida vaig explicar-li l'infart de Tomàs, on estava ingressat i com havia succeït tot, ampliant la informació telefònica de Carraca fins que entràrem al pàrquing de l'hospital. Durant el trajecte, l'oncle no va dir res i jo procurava omplir els breus intervals de silenci amb tota mena de raonaments respecte al previsible empitjorament de la salut de Tomàs, evident des de feia uns mesos.

Carraca i Pepín ens esperaven a la porta i ens adreçàrem a la sala d'espera. Vam telefonar a Tono i mentre l'esperàvem Carraca ens va contar que, anant cap a casa, Tomàs insistia tant en el dolor al braç i al pit que va haver de parar per vore si es recuperava. El dolor no remetia i li queien unes gotes de suor molt grosses i va decidir dur-lo directament a l'hospital; un poc abans d'arribar-hi va tindre l'infart.

Intentàrem informar-nos del seu estat però les infermeres no sabien res, tan sols que hauríem d'esperar. Només vindre, Tono va preguntar pel doctor Josep Vicent Sospedra. No hi era i va telefonar-li a casa.

—És del partit. Ell ens ajudarà.

El doctor Sospedra era pediatre; havia vingut deixant la seua consulta particular. Ens va dir que de seguida que tinguera informació es reuniria amb nosaltres i esperàrem amb frisança les seues notícies. Encara no havien passat deu o quinze minuts que una infermera ens va conduir a un despatx on era el doctor Sospedra.

—¿Com està? —va preguntar Ramonet.

—Té les pulsacions cardíaques molt baixes i li han aplicat electrodes per reanimar-lo. D'ací a poc li faran un cateterisme, una espècie d'agulla a través de la qual s'injecta un líquid per a vore quina artèria està obstruïda i separar les parets d'esta artèria per tal que la sang arribe al cor. Si poden desobstruir-li l'artèria, haurà passat el moment més crític, però encara haurem d'esperar les reaccions posteriors. No hi ha més remei que esperar. Quedeu-vos en el despatx, només sàpia alguna cosa vindré a informar-vos.

—¿Està conscient? —vaig preguntar.

—Sí —féu el doctor, i se n'isqué del despatx.

Això és el que més temia jo: que una persona que havia estimat tant la vida ara la patira. Ho trobava injust, però jo sabia que, superara o no la prova, l'oncle estava mort: ell era incapaç de nedar contra el corrent que impulsava la seua forma de viure. No me'l podia imaginar amb la paciència i la quietud del malalt; de cap de les maneres el veia a la vora d'una finestra, assegut moltes hores sota el porxo o a l'entrada de casa, observant amb impotència com transcorria el bé que més apreciava: la vida. La vida tal com l'entenia, viscuda sempre al límit de les forces, amb l'obsessió d'arrapar cada minut, com si intentara atrapar el temps, aturar-lo i erigir-se per damunt d'ell, i ara es debatia com un peix a l'ham. Coneixia Tomàs i no pidolaria aquelles engrunes de salut que t'allarguen un poc més una existència inútil.

Des de la porta del despatx, Carraca em féu un senyal perquè isquera al passadís.

—T'he de dir una cosa.

—Digues.

—Tomàs em digué un dia que si li passava alguna cosa avisara a una dona.

—¿Ho has fet?

—Sí.

—Em parcix molt bé.

—També em va dir que vos diguera una altra cosa.

—¿Quina?

Carraca va callar. Redossat en el silenci va desviar la mirada, com aquell que, escollit en portaveu d'una situació delicada, ha de comunicar una mala notícia. Va buscar de nou la meua mirada i jo el vaig agafar pels muscles.

—¿Què passa, Carraca?

—Tomàs té una filla d'esta dona.

—¿Una filla? ¿Quan ha tingut una filla Tomàs?

—Té quinze anys.

—¿Qui és la dona?

—Li diuen Elisa i està a punt de vindre, si no ho ha fet ja.

—¿Tu la coneixes?

—Sí, i a la xiqueta també.

—¿Estan casats?

—No.

—¿Com és possible que no ens diguera res?

—Tenia els seus motius.

—¿Quins?

—Que t'ho explique ella. Jo ja he fet lo que havia de fer. Tomàs em va dir que l'avisara a ella i que vos ho diguera —Carraca va mirar el seu rellotge—. Ja deu haver arribat.

—Vés tu, entretin-la un poquet mentre jo explique el cas a Ramonet i Pepín.

—¿I Tono?

—Tono és de casa.

Vaig entrar al despatx i vaig explicar breument la situació. En uns moments portaria la dona i els vaig dir que es comportaren amb naturalitat. Ni l'oncle ni Pepín van dir res, només Tono va reaccionar fent un sospir mentre movia el cap:

—Tomàs, Tomàs...

Vaig anar a la sala d'espera i aleshores la vaig reconèixer. Pràcticament no havia canviat gens des que, de tant en tant, venia amb Tomàs a recollir-nos a l'eixida del col·legi. Els anys passats li havien deixat l'empremta d'una bellesa encara més plàcida de la que jo recordava. La seua figura no destacava en res i, tanmateix, posseïa l'elegància de les dones excepcionals. Va esbossar un somriure lleu quan vaig anar al seu encontre i em va besar les galtes de la cara amb suavitat. Em va dir que sabia que Tomàs estava molt greu i que ella es quedaria el temps que calguera. Parlava un valencià de fonètica castellana i la seua veu era agradosament entelada. Carraca i jo l'acompanyàrem al despatx i li vaig presentar Tono, Ramonet i Pepín, que va besar amb les maneres afables que havia emprat amb mi.

—Sente's ací, senyora. —Ramonet li oferí la seua butaca atès que només n'hi havia cinc.

Em vaig alçar perquè l'oncle poguera seure. Em vaig quedar dret al costat de la porta d'entrada. Des d'allí sotjava el silenci: Pepín es fregava les mans amb el cap cot, Tono fumava amb insistència mentre Ramonet i Carraca mantenien la mirada fixa en un punt del despatx. Llavors vaig observar com Elisa tancava els ulls i es recolzava sobre el respatller. Em va fer l'efecte que resava, perquè movia lentament els llavis. M'incomodava el silenci, crec que ens inquietava a tots. La presència d'ella forçava una pausa de mutisme en el compàs d'espera. Va obrir els ulls, es va alçar i va eixir del despatx resseguida per la mirada de tots, com si se sentira l'element catalitzador del silenci entre nosaltres. Jo vaig eixir darrere d'ella i vaig tancar la porta.

—Sé que té una filla de Tomàs —li vaig dir, i ella va assentir amb un somriure—. ¿Com li diuen?

—Elisa.

—Mire, jo volia dir-li que tant a vostè com a la seua filla les considerem de la família.

—Gràcies, eres molt amable, però no teniu cap obligació amb nosaltres.

—La veritat, no sabíem que Tomàs tinguera una filla. Ho hem sabut hui.

Ella va copsar les meues paraules, una presentació d'excuses.

—No és culpa d'ell —digué.

Potser no era el moment adequat per parlar-ne i vaig callar, però llavors Elisa, mentre caminàvem lentament pel corredor amunt i avall, va dir-me que no necessitava res. El seu cognom estava relacionat amb una firma de la indústria metal·lúrgica.

Feia molts anys que coneixia Tomàs, quan ella en tenia vint i l'oncle quaranta. Al principi eixien amb una certa regularitat i això va provocar la desaprovació dels pares d'ella, que no veien en Tomàs —excessivament major i d'una altra classe social— l'home adequat per a la filla. Ho va dir amb un somriure, i va afegir que el meu oncle no tenia cap intenció de formar una família.

Tomàs no la va enganyar, sempre li va deixar clar que, tot i l'afecte que sentia per ella, faria la seua vida. De fet, al cap de pocs mesos de coneixença la regularitat amb què eixien estava marcada per la freqüència que Tomàs imprimia a la relació. «Era evident que no érem persones per a conviure junts, però jo l'estimava.» No obstant això, va provar d'oblidar-lo amb altres homes més joves i cultes de la seua posició social, però al capdavall l'oncle se li feia present i va decidir continuar amb ell amb les condicions que foren i d'esquena a la família. La vida de tots dos era tan distinta que, de vegades, Tomàs passava un mes sense vore-la.

—Ell era feliç així.

—¿I vostè?

—¿Quin dret tenia a queixar-me si jo havia triat una opció sabent les conseqüències?

—¿I per què es va quedar embarassada?

—Perquè volia forçar la situació amb els meus pares. I també perquè entre ell i jo sempre tindríem alguna cosa en comú. Era tant lo que ens separava, que temia perdre'l.

—¿Ell l'estimava, a vostè?

—A la seua manera, sí. Però Tomàs no necessitava afecte, era feliç amb la vida que duia i no hi havia res al món que el poguera canviar.

—¿Ni la filla?

—Ni Elisa. Em vaig quedar embarassada contra la seua voluntat. Deia que no volia més família que la que tenia, però el vaig convèncer prometent-li que jo me'n faria càrrec.

—Fou una decisió molt arriscada.

—Sí, i em va servir de poc. La relació amb els meus pares va ser molt dura i només la intervenció dels meus germans va evitar que m'enviaren a viure a Madrid, a casa d'un germà de la mare. Tomàs no volia vore Elisa, no la va conèixer fins als tres anys i a pesar que a poc a poc li va agafar afecte no la veia com una filla. No volia cap responsabilitat sobre ella; en realitat Tomàs no ha sigut mai responsable de res, però jo sé que si l'haguérem necessitat, l'hauríem tingut al nostre costat.

—¿La seua filla el coneix?

—Sí, però no sap que és són pare. Li ho diré quan siga major. Vull que entenga per què vaig desitjar tindre un fill en unes circumstàncies com aquelles. Ningú ho va entendre, ni tan sols Tomàs.

Jo tampoc no ho entenia, però pensava que no tenia cap dret a dir-li-ho. Era la seua vida. Em semblava una dona magnífica: hauria fet feliç qualsevol home amb uns patrons de vida més tradicionals: no comprenia que una dona com ella, atractiva i intel·ligent, estimara una persona del caràcter de Tomàs. Tampoc vaig entendre que ma mare visquera aferrada al record de l'home absent, ni que Carraca es vera obligat a abandonar-ho tot de la nit al matí, ni que Teresa pagara un error, un sol error, amb una existència d'incomprensió i solitud sense la possibilitat d'una vida digna en qualsevol lloc, o que Ramonet —ell sí que en necessitava, d'afecte— es resignara a una trobada oculta de tres hores a la setmana. «¿Per què tot és tan complicat?», em preguntava aleshores, i la resposta la vaig trobar anys més tard, quan vaig entendre que només som la part insignificant d'una cadena de paradoxes. ¿O potser no és una paradoxa que allò que en diuen amor sovint acaba sent un desacord entre infeliços? Em preguntava si realment Tomàs havia sigut feliç o aquella incontinència per viure no era sinó un intent permanent de construir-se un món a la seua mida. Tant feia; el fet que esperàvem en un hospital notícies que decidirien la seua vida relativitzava l'elucubració.

Quan vaig vore el doctor Sospedra dirigint-se al despatx acompanyat d'un metge, vaig preferir quedar-me a la punta del passadís on era. Elisa va anar-hi i just quan arribava a la porta, Pepín va eixir i tots dos es van abraçar. Vaig vore unes llàgrimes en el rostre del meu germà. Tomàs havia mort i jo no volia escoltar cap explicació mèdica sobre els intents de salvar-li la vida, però el doctor Sospedra, així que el seu col·lega se'n va anar, va vindre amb Tono al meu encontre.

—Ho lamente, no ha sigut possible a pesar dels esforços que s'han fet.

—Ja ho sé, li done les gràcies per totes les molèsties que s'ha pres amb nosaltres.

El doctor Sospedra va respondre que ho feia de gust, sabia que Tono i Tomàs eren grans amics i abans d'anar-se'n va insistir-me que, tot i que era un moment desagradable, havíem d'afanyar-nos i avisar de seguida els servicis funeraris a fi que l'oncle no passara la nit en el dipòsit de cadàvers. Ell s'encarregaria d'evitar-nos tots els tràmits burocràtics perquè Tomàs, segons desig de Ramonet, estiguera de cos present a casa fins a l'hora del soterrar.

Vetlàrem Tomàs durant tota la nit. La casa era plena de gent, la majoria amics habituals de l'oncle vinguts de València. Fins i tot va vindre l'alcalde del poble i ho va fer per expressar-nos el seu condol i comunicar-nos que les despulles de l'avi, conjuntament amb les de Tomàs, serien enterrades en el lloc del cementeri que nosaltres volguérem malgrat que no reberen els servicis religiosos. La intervenció dels germans d'Elisa, persones influents, i el fet que érem a les acaballes de l'any 74 i el règim començava a trontollar, induïren l'ajuntament a una amabilitat insòlita amb nosaltres. Elisa ens va demanar fer-se càrrec de les despeses del funeral de Tomàs. Ella mateixa va escollir la foto que aniria en una làpida de marbre, blanca i sense cap inscripció tret del nom, els cognoms i la data de naixement. Ella no va voler que hi figurara el dia que va morir, com si intentara perpetuar-lo en vida en la seua memòria.

Vaig passar la nit passejant pel carrer amb el meu germà i Elisa o asseguts sota el porxo. Amb una tristesa sempre continguda, ens va parlar d'aspectes del caràcter de Tomàs que desconeixíem. En cap moment va lamentar la relació impossible amb l'oncle a pesar de les dificultats de tota mena que li va comportar. De tant en tant s'acostava al taüt i el contemplava en silenci. Jo no vaig voler vore'l, evitava passar prop del cadàver, ni tan sols quan, a l'endemà, a les tres de la vesprada, un moment abans de tapar el fèretre, Ramonet, Pepín, Elisa, Carraca i altres van acomiadar-lo. Temia conservar d'ell una imatge inerta. Tampoc no vaig anar al cementeri i Elisa es va quedar amb mi, ella i la seua filla. Era una jove preciosa que tirava més a la bellesa elegant de sa mare que a l'aparença vitalista de Tomàs. A estones l'observava buscant un petit rastre que la identificara, algun tret que minimitzara una absència tan manifesta per a tots nosaltres.

25

Tomàs va restar immortal per a nosaltres. La seua absència, per bé que era un buit notable, no evitava que sentírem el frec dels seus gestos més característics o els abusos retòrics que emprava. I és que no imaginem les persones tal com eren sinó l'efecte que tingueren sobre nosaltres. D'alguna manera érem una conseqüència d'ell i potser per això —o bé perquè cada lloc l'havíem compartit—, havia de mirar al meu voltant per ratificar-me en el convenciment que ja no el tornaria a vore. El porxo de casa, El Boquerón, els cines, les sales de ball, la gent que coneixíem, la ciutat... Tot el que era vida ens remetia a Tomàs; viure així era una manera de donar-li vida i era, a més, la forma en què millor perduraria en l'àmbit del record.

—Hem de continuar amb els mateixos costums de sempre —li vaig dir a Ramonet una vesprada que, després de la migdiada, vaig quedar-me a casa perquè era dimecres i l'oncle no se n'havia anat a València. Pretenia que fera la vida de sempre, però alhora tenia la sensació que havíem de resoldre la conversa pendent entre ell i jo des del dia que vaig anar a buscar-lo a l'hostal. Des que va morir Tomàs, estava en un estat de malenconia i ni la presència a casa més continuada de Pepín, Carraca, Tono i jo li alçava l'ànim. De vegades ens l'endúiem a El Boquerón, però no venia sovint. No era un ambient per a ell. Vam recuperar la tradició del cine dels dijous, però sense Tomàs el cine era una altra cosa. Tot era diferent sense Tomàs, però ho era més encara per a Ramonet.

Estava persuadit que, al marge de la desaparició del seu germà, decisiva per a ell, el fet que jo haguera descobert les escapades dels dimecres a València influïa en el seu estat d'ànim. Era tan reservat amb la seua vida íntima que no sabia com explicar-li per què aquella vesprada vaig anar a buscar-lo a l'hostal. Malgrat que la situació era absurda —tots dos sabíem el secret dels dimecres—, temia ferir-lo i no trobava les paraules adequades perquè la conversa fluïra amb la normalitat que jo desitjava. Quan li vaig preguntar per què no era a València, em va respondre que feia setmanes que no hi anava. No va dir res més, va callar i a mi em va semblar que potser esperava que forçara el que entre ell i jo havia quedat pendent. Però no ho vaig fer, almenys no era capaç de fer-ho tot sol i al mateix temps dubtava de la conveniència que Pepín i jo parlàrem amb ell.

El dimecres següent ens vam quedar a casa de vesprada i llavors fou el meu germà qui li va preguntar, després de dinar, si aniria a València. L'oncle es va excusar dient que no es trobava bé tot i l'evidència d'una salut física immillorable. Pepín em va mirar i li vaig notar un gest d'impotència. I de nou aquell silenci inquietant que de feia unes setmanes acompanyava els àpats. Aleshores Ramonet ens va preguntar si faríem la migdiada i marxaríem després, com fèiem sempre. La pregunta era tan òbvia que vam pensar que els intervals de silenci també l'incomodaven. Havent pres els cafès ens retiràrem a les habitacions. No podia dormir, rumiava la manera de dir-li-ho; Pepín no ho intentaria, habitualment declinava les responsabilitats domèstiques amb mi pel fet que era el germà major i havia d'assumir-les. Em vaig alçar del llit disposat a parlar d'una vegada amb Ramonet sense saber ben bé ni tan sols com iniciaria el diàleg, però quan m'adreçava a la cuina on era l'oncle rentant els plats se'm va acudir una idea.

—Pepín, desperta.

—¿Què?

—Que despertes. Tinc una idea.

—¿Una idea de què?

—Parlarem amb l'amic de Ramonet. Esta vesprada, ara mateix. Sé on viu.

—Parlaràs tu.

—D'acord, jo parlaré amb ell.

—¿I què penses dir-li?

—No ho sé, ho raonarem de camí a sa casa. Amb ell serà més fàcil. Si ix malament, no el tornarem a vore.

—Però Ramonet ho sabrà.

—Dóna'm tu una solució!

—Molt bé, molt bé, anem-se'n.

Vam dir a l'oncle que, com que no podíem dormir, aniríem a El Boquerón a tirar-li una mà a Carraca.

—Escolta —vaig dir al meu germà amb el cotxe en marxa—, amb Ramonet era diferent, però amb este home si parlem els dos serà més efectiu. Semblarà una decisió familiar. Potser estarà més coaccionat.

—No es tracta de coaccionar-lo. És lliure de fer lo que vulga.

—¿Lliure? No t'enteres de res. Si fóra lliure no es voria d'amagat amb Ramonet. ¿O és que no comprens que porten la tira d'anys veient-se així perquè no poden ferho d'altra manera?

Pepín va esbufegar:

—No sé si has sospesat com cal la situació. Tot açò és molt delicat. Sincerament, no m'atrevisc a parlar amb ell.

—Ja sospitava que no m'ajudaries. En canvi jo sempre que puc faig coses per tu. —Va riure, incrèdul, i alesfores li vaig dir el que feia temps volia que sabera:— ¿Recordes una xicona que li diuen Lola?

—¿La de la cara axinada?

—La mateixa. Te la vaig presentar perquè sabia que li agradaves. I que conste que a mi m'agradava molt.

—I tu a ella també.

—No ho entenc. —Vaig fer un gest pensatiu.

—¿Què és lo que no entens?

—Li vaig dir que m'agradava, però ella em digué que et preferia a tu.

—Sí, però jo no li prestava massa atenció i un dia, molt emprenyada, em va retraure que segur que amb tu seria distint. De la forma que ho va dir, jo crec que li agradaves.

—¿I per què no m'ho digueres?

—No ho sé, supose que em vaig oblidar.

—Li telefonaré.

—Has arribat tard: una amiga d'ella em va dir que s'havia casat.

—No hi ha dret, eres un mal germà. T'assegure que Lola era una xicona que estimava.

Això de l'amor a Pepín no li feia ni fred ni calor. Recordant-ho anys més tard, em va confessar que l'única dona que havia estimat era un home: Ramonet.

—Però no desesperes —em va consolar—. Qui sap si algun dia podràs convertir-te en el seu amant.

—Quan em caiguen les dents.

—De qualsevol manera no era res de l'altre món. Et puc dir...

—Ei, ei, no em contes res. No m'interessa què va passar entre tu i ella.

—Si haguera sabut que estaves tan enamorat...

—No és un problema d'estar enamorat o no. La qüestió és que no sempre tens lo que desitges i no pots deixar que s'escapen les oportunitats...

—Perfecte, t'ha eixit una frase fantàstica. Això és lo que li has de dir a l'amic de Ramonet: mire, senyor com li diguen, el temps passa, cada dia tindrà menys oportunitats de ser feliç...

Pepín va interrompre el monòleg en observar que alentia la marxa del cotxe i amb la mirada jo buscava una casa. Vaig aturar el motor després d'aparcar en el buit just entre dos vehicles.

—¿És ací? —va preguntar-me.

—Sí. ¿Entraràs?

—No, vés tu. Ho faràs molt bé.

La casa tenia una porta tradicional, molt barroca, amb revestiments de talla pertot arreu i estava situada en un carrer estret de la part vella d'un poble de l'Horta Sud a uns cinc quilòmetres del nostre. Vaig picar al timbre mentre repassava mentalment les primeres paraules que li diria, que eren si més no les més difícils, ja que confiava que, trencada la inhibició dels primers moments, tot rutllaria amb més fluïdesa. A través d'una de les finestres de la porta vaig observar que venia del fons de la casa, potser del pati perquè duia a les mans una regadora. Va obrir la porta i se'm va quedar mirant amb sorpresa, com si em coneguera i no encertara a explicar-se què feia allí.

—Hola, sóc el nebot de Ramon i aquell que està en el cotxe és el meu germà.

La part de dalt del seu cos va traspassar el llindar de la porta i va mirar en direcció al cotxe. Pepín va alçar-li la mà i ell li va retornar la salutació amb un moviment lleu del cap. Va deixar la regadora en terra i, després que s'eixugara les mans en els pantalons, vam encaixar.

—Passa —digué.

Ho vaig fer però em vaig quedar palplantat a l'entrada, bo i esperant que tancara la porta i em conduïra a un lloc de la casa. Llavors va caminar davant meu fins al menjador i em va oferir una cadira a la vora de la taula. Va seure al meu costat, d'esquena a un pati tot ple de cossiols amb tota mena de plantes. Estava tan prim com la primera volta que el vaig vore, amb la nou del coll pronunciada, no gaire alt i la pell ennegrida pel treball a l'aire lliure. Potser no fa al cas, però de prop pareixia molt masculí.

—¿Vols prendre alguna cosa? —féu mentre recolzava una mà a la taula per tal d'alçar-se.

—No, gràcies, ja he pres cafè.

—I el teu germà, ¿per què no entra?

—La veritat és que esta visita és molt delicada i ha preferit quedar-se fora. —Li vaig fer un somriure tímid, però ell no va canviar el posat d'estranyesa que duia des que m'havia vist.— Francament, a mi també em resulta difícil. No sé per on començar, però és precís que vostè i jo parlem.

—Tu diràs, fill.

—Supose que no ignorarà que jo sé que vostè i mon tio Ramon són amics.

—Ja ho sé, vas vindre a buscar-lo el dia que va faltar el seu germà.

—Fa temps que ho sabíem, inclús Tomàs ho sabia tot

—vaig remarcar l'última paraula a fi d'estalviar-me detalls que pogueren cohibir-lo—, però no ens atrevírem a plantejar-li-ho a Ramon.

—¿I què és lo que volíeu plantejar-li?

El to de les seues paraules era més amable i això em va motivar per anar directe al moll de l'os.

—Mire, quan va morir l'avi, mon tio es va quedar molt sol i nosaltres preteníem que vostè vinguera a vore'l a casa amb normalitat, com un amic més. Només era això.

—¿Ton tio Tomàs estava d'acord?

—D'ell fou la idea.

—I Ramon, ¿sap que has vingut a vore'm?

—No, pensàvem que era més fàcil parlar amb vostè. Crega'm que està trist i no sols per la mort de Tomàs.

—Està trist i cansat —digué deixant anar un sospir—. Durant molts anys s'hem vist ocultant-nos de tots, com si fórem delinqüents. Mira, fill, podem ser molt resignats, perquè som conscients de lo que som, però arriba un moment que tota esta situació és tan cansada que només tens dos solucions: deixar-ho estar i conformar-te o afrontar les conseqüències. Hem optat per lo primer, més encara quan tu ho vas descobrir. Ramon estava avergonyit. M'alegre molt que hages vingut, m'alegre sobretot per ell, però em fa l'efecte que ja és tard.

—De cap de les maneres, home —li vaig agafar un braç, intentant posar més èmfasi en les paraules—. Tot ha sigut un malentès que ara podem reparar.

—Per a vosaltres és fàcil, sou d'una altra generació i penseu de manera diferent. Però nosaltres hem tingut la desgràcia de viure un altre temps.

—¿Sap? Em sent culpable de la tristesa de mon tio. Si aquell dia jo no haguera anat a buscar-lo, ara no es trobaria en esta situació. És cert que vostè i ell continuarien ocultant-se, però almenys es vorien.

No fou una estratègia premeditada, realment estava amoïnat, però va funcionar. Durant uns segons es va quedar pensatiu mentre amb els dits teclejava sobre la taula. Després va somriure i em va mirar:

—Aniré a vore'l demà al matí i li diré que has vingut.

—No, vinga esta nit a sopar. Si a vostè no el molesta, també estarem el meu germà i jo.

—En absolut, ho preferisc. Aniré a les nou.

Vaig alçar-me i em va acompanyar fins a l'eixida. Abans d'anar-me'n, vaig recordar que no sabia el seu nom.

—Dis-me Manolo, com ho fa ton tio.

Va engrapar amb fermesa la meua mà amb la d'ell.

....

Encara que el meu germà i jo tractàvem de convèncer-nos que no havíem fet res d'extraordinari, no ens llevàvem del cap quina seria la reacció de Ramonet; no tant per la presència de l'amic a casa com pel reconeixement manifest de la seua intimitat que això suposava. D'altra banda, temia que l'oncle reconeguera que el desgast del temps impediria la normalitat d'un encontre que es produïa massa tard.

Tot esperant que foren les nou del vespre rondinava què m'havia impulsat a forçar tot allò, si el desig de normalitzar la vida de l'oncle o alliberar la meua del pressentiment de culpa que asilava. Era conscient que al voltant de la cita s'erigia l'última possibilitat, si és que mai n'havien tingut alguna. El caràcter de Ramonet, imprevisible per la seua timidesa, invalidava un càlcul de probabilitats. Em reconfortava amb la idea que la decisió estava presa i l'havia presa jo, inductor involuntari de les circumstàncies. Però tenia el dubte del mètode escollit. De vegades m'abordava la sensació que l'oncle desitjava que en parlàrem, però ni jo encertava amb la pregunta adequada ni estava segur d'obtindre d'ell la resposta que calia. M'indignava que després de tants anys de convivència, després de tanta vida com ens havia entregat, desconeguérem les profunditats del seu esperit. Coneixíem els trets elementals de la seua naturalesa però ignoràvem l'essència que envoltava la forma. Pensàvem que mai no demanava res perquè no ho necessitava, sense adonar-nos que en el fons d'aquesta actitud residia una espera resignada. Tot havia estat, per part nostra, un error des del principi i ara temíem no arribar a temps d'esmenar-lo. De Ramonet sempre vam recordar aquelles paraules que ell havia après de l'avi i que ens va transmetre a nosaltres: «Sigues lo que sigues en la vida, lo important és tindre cor». Vam descuidar el d'ell i només la tristesa ens va recordar que també en tenia.

Estàvem preocupats per la seua reacció i amb prou feines va fer un gest significatiu quan, a les nou en punt del vespre, Manolo va entrar a casa i, amb cortesia quotidiana, va saludar l'oncle amb una «bona nit, Ramon» i va seure a la taula de la cuina on ja érem nosaltres. L'oncle no va dir res, no va mostrar cap indici que indicara la anormalitat de la visita, com aquell que ha desitjat aferrissadament una cosa i en la llarga espera se li han esvanit les il·lusions. Vam començar a sopar sense dir-nos res, envoltats d'una rutina antiquíssima, i no fou fins a les postres que em vaig alçar i vaig connectar la televisió.

Aleshores Manolo va preparar el cafè, Pepín va dur una botella de conyac, però Ramonet ja distribuïa les tasses sobre la taula del porxo. Vaig entendre-ho com una acceptació tàcita de l'encontre. Per a ell, el porxo sempre havia sigut un símbol d'hospitalitat, i el silenci que fins ara ens presidia es va convertir de sobte en una tertúlia que va encetar l'oncle en què qualsevol tema, per tediós que fóra, evitava una referència ni tan sols exigua al motiu de la reunió. Ramonet i jo ens reüllàvem de tant en tant i, en una de les voltes que les nostres mirades bo i esquivant-se es van trobar, em va somriure: era la resposta a la pregunta que cap de nosaltres va gosar fer-li. Vaig intuir que era el moment d'anar-se'n i deixar-los sols. Entre ells havien de parlar de moltes coses; o potser no, al cap i a la fi eren amants esgotats per molts anys de confidències ocultes. Tal vegada restarien en silenci mentre amb els ulls somiadors imaginarien què hauria sigut d'ells si no hagueren format part d'una immensa utopia. No ho sé, mai no li vaig preguntar a Ramonet què li va suposar aquella trobada. Mai no ho vaig saber, no volia saber-ho. Tot el que vam fer per ell tenia el valor d'un somriure; no era poc, per bé que només era el canvi de l'indret impúdic de l'habitació d'un hostal pel paratge familiar però reclòs del porxo d'una casa.